MARIANNE JEFFMAR

L'HOMME QUI VOULAIT ÊTRE SIMENON

roman

Traduit du suédois par
PHILIPPE BOUQUET

LIBRETTO

I.S.B.N. : 978-2-36914-608-7

A Philippe Bouquet, mon traducteur français,
et à Martina, la plus jeune de mes filles.

Ce que vous n'avez pas absorbé à dix-huit ans, vous ne l'absorberez plus. Le reste de votre vie, vous resterez par conséquent esclave de votre enfance et de votre première adolescence.

GEORGES SIMENON

ELLE ÉTAIT NÉE AVEC UNE CUILLER D'ARGENT DANS LA BOUCHE

L'homme qui voulait être Georges Simenon n'avait plus que deux jours à vivre, très exactement, lorsqu'il descendit du train à la gare du Nord, à Paris, par un après-midi froid et humide de janvier. Le train avait vingt minutes de retard. Mais ce n'était pas cela qui lui inspirait de sombres réflexions tandis qu'il traversait la rue de Dunkerque et poussait la porte du restaurant *Aux Villes du Nord.* Il n'avait pas rendez-vous et, quant à savoir qui était la personne qui s'était jetée devant le train alors que celui-ci quittait tout juste la gare du Midi, à Bruxelles, il n'en avait pas la moindre idée.

Non, l'homme qui voulait être Georges Simenon, Bernard Wouters dans la réalité, était bien trop absorbé par ses propres pensées pour avoir la force de consacrer plus qu'un intérêt fugace à ce suicidé inconnu.

Si les gens veulent absolument mettre fin à leurs jours, cela les regarde, marmonna-t-il à l'intention de lui-même quelques minutes plus tard, tandis qu'il étudiait le menu, assis à une table près de la fenêtre, devant un calvados. Il se félicitait de voir que ce vieil établissement existait encore. Il y avait certes plus de vingt ans qu'il n'y était pas venu et il portait peut-être une autre enseigne à l'époque, mais peu importait. Il avait toujours préféré les locaux un peu rustiques. De même que les bons petits plats traditionnels.

C'était cela, l'odeur d'un vrai bistrot parisien : coq au vin et pot-au-feu ! Il aurait parié que le commissaire Maigret aurait aimé cet ordinaire.

Mais, pour sa part, il voulait manger léger. Une bouillabaisse, tiens ? Non : trop consistant. En outre, il ne pourrait pas s'empêcher d'en commander une seconde portion, voire une troisième. Pourtant, la bouillabaisse était sans conteste son plat favori, surtout si elle était préparée *à la parisienne*, c'est-à-dire avec deux doigts de xérès et un soupçon de vinaigre de poire. De la sole, peut-être ? L'eau lui vint à la bouche quand il vit qu'on la servait pochée, avec des champignons de Paris rissolés et une sauce au vin blanc. C'était autre chose que l'éternelle sole meunière de sa femme, qu'elle s'ingéniait à cuire si longtemps qu'elle ressemblait à s'y méprendre à du carton.

Ce serait donc de la sole. Cela ferait plaisir à Marie-Jo. Il fallait voir comme elle le chouchoutait, sa lumière de fille.

« Est-ce que tu ne serais pas en train de prendre du ventre, papa ? lui disait-elle toujours en riant et en tapant affectueusement sur ses bourrelets. Tu manges beaucoup trop de frites. Et de mayonnaise. Et il faudrait que tu marches plus que ça : l'aller et retour au lycée, ce n'est pas suffisant. »

S'il n'y avait pas eu Marie-Jo, il ne serait sûrement pas revenu à Paris avant longtemps. Pendant des années, quelque chose en lui avait fait sérieusement barrage à l'idée d'une nouvelle visite. Pourtant, il était conscient que, en tant que professeur de français, il devrait s'y rendre au moins une fois par an. Quand on enseigne une langue il faut entretenir ses connaissances, or il était le premier à dire que le français tel qu'on le parle à Paris est un modèle qui s'impose à tous. Surtout pour nous autres Belges…

S'il n'y avait pas eu Marie-Jo…

– Saisis l'occasion, papa, lui avait-elle dit lorsqu'il avait ouvert l'enveloppe, le soir de Noël, et en avait extrait le contenu : cinquante mille francs belges. Je t'offre le voyage. J'en ai les moyens, tu le sais. Pars une semaine, avant le début du second trimestre. Tu verras que tu seras un autre homme au retour.

Bernard Wouters s'avisa d'une chose : n'aurait-il pas dû lui demander de l'accompagner ? Elle aurait eu grand besoin de quitter la maison quelques jours, elle aussi, avant d'être de nouveau accaparée par le travail scolaire. Mais, d'un autre côté, elle devait penser à son rattrapage de maths. Si elle était allée à Paris, elle n'en aurait pas eu le temps.

Non, c'était très bien ainsi. En outre, il avait certaines choses à faire, à Paris, auxquelles il ne pourrait se consacrer s'il était en compagnie de sa fille, aussi avancée qu'elle fût pour son âge. En bon père de famille, il savait fixer des bornes.

Il pouvait vraiment s'estimer heureux d'avoir une fille aussi bien à tous égards. Douée, dévouée, généreuse. Elle aurait parfaitement pu empocher tout l'argent que lui avait rapporté son premier roman et le placer sur son livret d'épargne. Au lieu de cela, elle avait manifesté sa gratitude en couvrant littéralement ses parents de cadeaux. Et elle ne s'était pas contentée d'offrir à son père – qui était sans aucun doute celui qui méritait le plus ces remerciements – ce voyage à Paris et l'ordinateur qu'il désirait depuis longtemps. Elle avait aussi offert à sa mère une 2 CV (« histoire que tu ne sois pas obligée d'emprunter la voiture de papa pour me conduire à mes cours d'équitation »), ainsi que des draps de soie en cadeau de Noël. Il avait eu du mal à saisir ce que Frédérique pourrait en faire, car ce n'était pas vraiment son genre. Mais il n'avait pas tardé à comprendre que Marie-Jo avait pensé aux éternelles séances de repassage de sa mère : les draps de soie ne se repassent pas.

Elle était sans aucun doute née avec une cuiller d'argent

dans la bouche, cette fille. Être éditée chez Gallimard, à l'âge de seize ans, ce n'était pas rien. Sans compter les éloges dans la presse. Traducteurs et metteurs en scène faisaient la queue pour obtenir les droits de son livre. Et, si le roman était tourné, les cent mille exemplaires du premier tirage feraient beaucoup de petits.

Mais il ne fallait pas oublier qu'elle avait un père qui l'épaulait de bien des façons. Qui, de plus, était très cultivé et avait un sens linguistique aigu. Et qui savait parfaitement ce que recherchent éditeurs et lecteurs. Sans son père, elle serait toujours une petite élève modèle un peu timide, sa Marie-Jo.

Non, finit-il par conclure. Il ne devait pas avoir mauvaise conscience de ne pas l'avoir emmenée à Paris. Il était temps qu'il pense un peu à lui, de nouveau. Vingt ans sans aller là-bas, cela suffisait. Le moment était maintenant venu de reprendre les choses là où il avait dû les abandonner de façon si piteuse.

L'homme qui voulait être Georges Simenon planta délicatement sa fourchette dans sa sole pochée. Voilà comment elle devait s'enfoncer dans la chair ! Dire que Frédérique n'avait jamais réussi à apprendre à faire à manger, malgré tous les livres de cuisine qu'elle possédait ! Elle n'était même pas capable de préparer le *waterzoï*, le plat national belge, sans qu'il eût la nausée au premier morceau qu'il enfournait ; ni les moules provençale, bien que tout le monde fût unanime à dire que c'était un jeu d'enfant. Tigy, la femme de Simenon, en était capable, elle. Dans un livre trouvé à *La Pierre Libre*, la librairie de l'avenue de Fré, à Uccle, avant qu'elle eût été contrainte à la fermeture l'année précédente, il avait lu que la jeune Tigy s'était donné beaucoup de mal pour apprendre à préparer les plats favoris de son mari : la flamande, les haricots cuits à la graisse de tripes, les filets de hareng. Pourtant, elle était artiste plasticienne. Mais elle avait renoncé à son art afin de satisfaire les besoins de son écrivain de mari.

Bernard Wouters avala une gorgée de vin d'Alsace. Il avait lu quelque part dans un livre de Simenon qu'il n'y avait pas de meilleur accompagnement pour la sole. Il sentit le breuvage lui caresser le palais et faire fondre la bouchée sur sa langue.

Il lui aurait fallu une femme comme Tigy ! Une femme intelligente et prête au sacrifice, qui aurait lu ses manuscrits avec l'œil de l'amour sans pour autant renoncer à être critique, qui serait allée démarcher les éditeurs à sa place et aurait organisé des soirées au champagne en recevant des gens utiles à sa carrière.

Bernard Wouters se surprit à ressasser ces pensées qui lui étaient déjà venues tant de fois à l'esprit. Il avala donc une bonne rasade de vin, puis une autre. Il n'allait quand même pas gâcher sa première journée à Paris à ruminer ces vieilles idées ! Marie-Jo n'aurait pas apprécié.

– Relaxe-toi complètement, papa, l'avait-elle exhorté, la veille au soir, en venant lui dire bonne nuit. Et n'oublie pas de soigner ta prononciation ! Il y a des fois où on te prendrait pour un vieux tracteur hors d'usage !

Mais elle avait aussitôt regretté ces dernières paroles, en voyant qu'elles lui faisaient de la peine.

– Oublie ça, avait-elle ajouté en lui caressant la joue. Je dis parfois des choses que je ne pense pas vraiment.

C'était vrai. Ces derniers temps, Marie-Jo n'était plus elle-même. Pas vraiment heureuse. Comme si quelque chose lui pesait. N'aurait-il pas dû l'emmener, après tout ? Lui procurer une pause dans ce travail scolaire si exigeant ?

En général, le vin contribuait à dissiper chez lui une humeur sombre, du moins le blanc. Mais il ne semblait pas que ce fût le cas, cette fois. Il était assis là, devant son excellente sole et son délicieux vin d'Alsace, et ne cessait de remâcher le passé. Pourquoi n'avoir pas imité Simenon, gémit-il intérieurement, pourquoi n'avoir pas fichu le camp pendant qu'il en était encore temps et ne pas s'être installé à Paris à baiser, à bouffer et à écrire ? Pourquoi n'avait-il pas séduit sa Joséphine Baker, avant de retourner auprès de son cordon-bleu de Tigy ? S'il avait eu le moindre bon sens, il serait au moins aussi célèbre que son illustre compatriote, à l'heure qu'il était. A cinquante et un ans, il avait maintenant laissé passer sa chance. Simenon avait dix-neuf ans, lui, quand il avait décidé de quitter la Belgique pour Paris. Deux ans de plus, seulement, que sa Marie-Jo !

Mais Simenon n'avait-il pas connu la crise de l'âge mûr, lui aussi ? N'était-il pas parti une seconde fois, quittant Paris pour s'installer en Amérique ? N'avait-il pas traversé quelque chose d'analogue à ce qu'il avait décrit dans son roman sur la fuite de M. Monde : « Il avait traîné longtemps sa condition d'homme sans en avoir conscience, comme d'autres traînent une maladie qu'ils ignorent. Il avait été un homme parmi les hommes et il s'était agité comme eux, poussant dans la cohue, tantôt mollement, tantôt avec acharnement, sans savoir où il allait. »

Bernard Wouters sursauta. Il n'avait pas encore accordé la moindre attention à la femme assise à la table voisine. Mais une âcre odeur de fumée vint soudain lui chatouiller les narines. N'était-elle pas en train d'allumer une gauloise en plein milieu du repas ! Ce n'était certes pas un plat digne de Lucullus qu'elle gâchait ainsi : une simple choucroute. Mais Bernard Wouters était extrêmement sensible à la fumée du tabac et sentit la nausée monter en lui. Et, en plus, elle déposait la cendre de sa cigarette sur le bord de son assiette, cette bonne femme ! De toute évidence, c'était la nicotine qui importait, pour elle. Il pouvait constater qu'elle avait à peine touché à sa nourriture, se contentant de couper un tout petit morceau de saucisse et de se servir de sa main libre, la gauche, pour la couvrir généreusement de moutarde. Il n'arrivait pas à comprendre comment elle pouvait être aussi affreusement grosse, avec un appétit pareil. Et puis ce goût en matière vestimentaire ! Un tailleur à carreaux rouges – avec des cheveux qui l'étaient presque autant ! Ils étaient certes bien peignés, joliment relevés en chignon sur le haut de son crâne, mais la couleur était affreuse. On aurait dit de la purée de tomates, or Bernard Wouters ne connaissait rien de plus déplaisant au palais.

La serveuse se traîna jusqu'à sa voisine sur de grosses jambes cannelées de varices. Ses sandales claquaient sur le sol, car les lanières ne tenaient plus sur ses chevilles, aussi épaisses que ses talons.

– Vous désirez un dessert, madame ?

– Une tarte Tatin, s'il vous plaît. Et puis l'addition. Non, attendez, reprit-elle aussitôt après. Je prendrai aussi un café. Et l'addition peut attendre. N'est-ce pas qu'elle peut attendre ? dit-elle en se tournant vers Bernard Wouters.

– Pardon ?

– Je disais à la serveuse que l'addition peut attendre. Je me sens d'humeur bavarde, tout d'un coup.

Bernard Wouters s'efforça d'éviter le regard de cette femme, mais elle ne le lâcha pas. Il se demanda si c'était l'effet que cela faisait d'être hypnotisé et il chercha fébrilement les lunettes noires qu'il avait glissées dans sa petite valise, juste avant de partir. Non qu'il eût redouté le soleil, à Paris, au mois de janvier, mais il peut y avoir des occasions où il vaut mieux être pour ainsi dire incognito, avait-il estimé. Il chercha aussi dans sa mémoire, en fouillant dans sa valise. Avait-il déjà vu cette femme quelque part ? Peut-être était-elle dans le train de Bruxelles avec lui ? Il n'était pas rigoureusement exclu qu'il ait été assis à côté d'elle, mais trop absorbé par la lecture qu'il avait emportée pour la remarquer. Au kiosque à journaux de la gare du Midi, il avait en effet trouvé une édition de poche du *Pendu de Saint-Pholien* et s'était aussitôt jeté dessus. Ce livre était épuisé depuis de nombreuses années et il n'avait même pas pu le trouver chez le libraire d'occasion spécialisé dans les œuvres de Simenon, près de l'église Saint-Pholien, à Liège. Quant à son exemplaire relié, il n'osait y toucher. C'était une véritable relique et il ne voulait pas risquer d'y laisser de vilaines traces de doigts. Il suffisait de celle qu'il avait déposée sur la page de titre lorsqu'il avait sorti ce livre de son sac, à Paris, à l'automne 1977. Il se trouvait donc toujours à l'endroit où il l'avait placé quelques jours plus tard, c'est-à-dire tout en haut du rayon Simenon de sa bibliothèque.

Le voyage avait passé trop vite. Une heure vingt-cinq minutes ! Une demi-heure de plus et il aurait pu le lire en entier ! Mais Marie-Jo avait été intraitable. Puisqu'il se décidait enfin à aller à Paris, il fallait qu'il prenne le TGV. Il ne devait manquer cela pour rien au monde. Elle avait trouvé cela « vertigineux », lorsqu'elle était allée à Paris rencontrer son éditeur.

La femme aux cheveux rouges se pencha vers Bernard Wouters.

– Est-ce que je peux vous offrir une gauloise ?

Sans attendre sa réponse, elle sortit rapidement de son sac à main laqué noir un paquet de ces bâtons empoisonnés, l'ouvrit et le tendit à son voisin.

– Non, merci.

Bernard Wouters avait répondu sans réfléchir. Car il était bien placé pour savoir que, avec les rousses, il fallait être très prudent. Sa mère adoptive avait les cheveux d'un roux flamboyant. Il jugea donc indispensable de s'expliquer.

– Mon médecin m'interdit de fumer.

– Quel dommage !

Il était impossible de ne pas percevoir l'ironie de sa voix. Elle remit le paquet dans son sac, referma celui-ci avec un léger *clic* et saisit au vol le dessert que la serveuse apportait sur un plateau. Quelques secondes plus tard, elle était assise en face de lui.

– Ce sera plus facile pour parler, ainsi. Vous ne croyez pas ?

Tout ce qu'il trouva à dire fut :

– De quoi ? Qu'avons-nous à nous dire ?

– Mais monsieur Wouters, vous n'allez pas me dire que vous ne me reconnaissez pas. Madeleine Defosset !

Quelle façon de commencer un séjour à Paris ! C'était donc la « grande » Madeleine Defosset, dont il avait éreinté le roman *(Clair de lune de décembre)* dans son article du *Soir*. Il y avait développé l'argument – parfaitement justifié à ses yeux – qu'il était bâclé, truffé de clichés reliés par d'interminables « tunnels » constitués de bavardages sans aucun intérêt. En un mot comme en cent : ce livre n'aurait jamais dû paraître.

Voilà donc l'aspect qu'elle avait dans la réalité, l'élégante Madeleine Defosset ! Le portrait qui se trouvait sur le rabat du livre – et qui avait été repris pour illustrer son article – devait soit dater de vingt-cinq ans, soit être le résultat d'un habile travail de retouche. Il penchait pour la seconde hypothèse. Même à la télévision, elle ne faisait pas vilaine impression.

Bernard Wouters chercha fébrilement le mot capable de détourner l'accès de colère qu'il avait tout lieu de redouter de la part de Madeleine Defosset. Mais en vain. Il n'y avait pas d'autre solution que d'assumer ses propos, faire bonne figure et se jeter à l'eau. Madeleine Defosset serait sûrement du même avis.

– Je… commença-t-il.

– Oublions ça, coupa-t-elle. Des excuses ne feraient qu'empirer les choses.

– Vous auriez dû prendre votre temps, madame, marmonna-t-il. C'est le conseil que j'ai donné à ma propre fille. Quand on met un livre de côté pendant une période, il mûrit. Je crois qu'elle m'en est reconnaissante, aujourd'hui.

– Ah bon ! vraiment ? répondit Madeleine Defosset en haussant les sourcils pour exprimer son scepticisme. Elle avait seize ans, si je me souviens bien, quand son livre est paru.

– Mais elle l'a commencé à l'âge de treize ans.

Pourquoi diable, se dit-il soudain, pourquoi suis-je là à discuter du talent de Marie-Jo avec une pareille dilettante ?

– Sans avoir jamais mis les pieds rue Saint-Denis, à ce que j'ai cru comprendre, répliqua-t-elle avec un sourire qui n'était pas des plus compréhensifs.

– Tout le monde connaît ça, de nos jours.

– Mais elle n'est pas vraiment parvenue à expliquer à la presse comment il se faisait qu'elle soit aussi familière des quartiers chauds de Paris.

Bernard Wouters sentait maintenant des vagues d'adrénaline le submerger et dit adieu pour la journée aux délices culinaires. Où voulait-elle en venir, cette bonne femme ?

– Écoutez, madame Defosset. L'auteur, c'est Marie-Jo. Pas moi. Si elle se refuse à révéler sa méthode de travail à des journalistes un peu trop curieux, cela la regarde. Je respecte scrupuleusement son désir de préserver ses secrets professionnels.

Pourvu qu'il n'y soit pas allé trop fort ! Mais il y a des gens qu'il faut savoir remettre en place. Sinon, ils sont insupportables.

Madeleine Defosset eut un sourire, mais pas du genre le plus amical. Puis elle fit signe à la serveuse.

– Un café pour monsieur, s'il vous plaît. Et deux cognacs.

Bernard Wouters n'eut pas le temps de protester. Peut-être n'en eut-il pas le désir, non plus. Un cognac serait le bienvenu, tout bien pesé.

Mme Defosset reprit alors, comme si elle avait lu en lui :

Je crois que vous aurez besoin de ce cognac, monsieur Wouters. Quand vous aurez entendu ce que j'ai à vous dire.

Il s'agissait de ne pas se laisser démonter. Dès les premières pages de son roman, il avait compris que Madeleine Defosset était une personne fort désagréable. Il existe certes des critiques et spécialistes de la littérature qui soutiennent qu'il ne faut pas « juger le chien à ses poils », c'est-à-dire les écrivains à leurs livres. Mais Bernard Wouters n'était pas de ceux-là. Il était persuadé qu'il était aussi difficile pour une innocente comme Marie-Jo de raconter un crime qu'il l'avait été pour Simenon d'imaginer un roman d'amour.

– Je suis tout ouïe, dit-il donc en avalant une gorgée de cognac, non sans se demander comment cette femme pouvait avoir les moyens de telles largesses, alors que les ventes de *Clair de lune de décembre* avaient dû être ridicules.

Madeleine Defosset le cloua du regard sur son siège.

– Il se trouve, voyez-vous, que, par le plus grand des hasards, je suis tombée à plusieurs reprises sur votre Marie-Jo, dans cette ville. Et, plus précisément, dans le quartier qu'elle décrit dans son roman. Mais sur lequel, d'après ce qu'elle a déclaré à la presse, elle ne possède aucun renseignement de première main. Vous m'avez comprise, monsieur Wouters : la rue Saint-Denis et le voisinage.

– Je suppose qu'elle procède à des recherches en vue de son prochain livre, répondit Bernard Wouters en parvenant à faire passer sur ses lèvres un sourire héroïque, fort éloigné de cette fierté paternelle qu'il avait aimé afficher.

Le regard de Madeleine Defosset parvint à percer les verres teintés de Bernard Wouters.

– Vous en êtes certain, monsieur Wouters ?

– Bon, ça suffit comme ça !

L'homme qui n'avait plus que deux jours à vivre, presque

à la minute près, se leva de table, chiffonna sa serviette en papier, la jeta sur la tarte Tatin de Madeleine Defosset et l'arrosa de son excellent cognac, avant de glisser deux billets de cent francs dans la main de la serveuse et de disparaître dans la cohue parisienne.

ESPÈCE DE SALAUD !

C'est naturellement moi qui ai été chargée de partir pour Paris afin de couvrir le meurtre de Bernard Wouters. Il faut dire que je le connaissais assez bien, d'abord en tant que professeur de français de Claire, ma fille, puis comme ami de la famille, même si c'était davantage sa femme, l'amie. Nous nous étions également rencontrés, de temps en temps, à mon journal, *Le Soir*, où il venait remettre le texte de l'une ou l'autre de ses recensions souvent acides, voire sarcastiques. A ces occasions, il m'arrivait de regretter l'idée que j'avais eue de le recommander en tant que free-lance. Le fait de posséder les connaissances et le sens linguistique nécessaires ne font pas automatiquement de vous un bon juge en matière littéraire.

Mais il existait un autre lien entre ma petite famille et celle, un peu plus nombreuse, de Bernard Wouters. Quelques années plus tôt, Claire était scolarisée dans les Ardennes. Elle était pensionnaire à l'institut Notre-Dame, dans la petite ville de Saint-Hubert. Si elle a tenu le coup aussi longtemps, c'est bien grâce à Marie-Jo Wouters. La fille de Bernard n'avait que quelques mois de plus qu'elle. Elles étaient dans la même classe et partageaient non seulement une chambre mais une même passion pour les chevaux. Lorsque, pendant mon premier voyage en Suède, Claire a fait une fugue, c'est avec

Marie-Jo qu'elle a gardé le contact. C'est elle qui savait où elle était et quels étaient ses projets. Pour surmonter cette crise, je pris la décision d'inscrire Claire, dès l'année suivante, dans un établissement situé non loin de chez nous, rue Jean-Baptiste-Labarre à Uccle : l'Athénée royal. A la rentrée, Marie-Jo se trouvait encore être sa camarade de classe, de sorte que la fille avait le père pour professeur de français. Je ne me suis pas souciée sur le coup de savoir ce qui avait motivé ce changement d'établissement. J'ai dû considérer qu'il allait plus ou moins de soi, en raison de l'étroite amitié entre les deux jeunes filles.

Marie-Jo venait de fêter ses quinze ans, alors que Claire n'allait les avoir qu'au mois de janvier suivant. La puberté de ma fille était intervenue de façon précoce et ne s'était pas déroulée sans heurts. Mais, à cette époque, le pire semblait derrière elle. Elle donnait l'impression d'avoir soudain admis que son père ne serait jamais son papa « pour de vrai », c'est-à-dire qu'il ne quitterait jamais sa famille officielle pour nous. Pour la première fois de sa vie aussi, elle avait un petit ami sérieux, un certain Jean-Paul, qui était probablement à l'origine de sa fugue. Le meilleur copain de ce garçon s'appelait Laurent. C'est l'amitié avec Claire qui a fait que Marie-Jo, revenant chez elle pour de petites vacances, a rencontré Laurent, dont elle est tombée éperdument amoureuse.

D'après ses propres confidences, Claire avait été « vachement surprise » d'entendre Marie-Jo lui apprendre que Laurent et elle « étaient ensemble ». Elle qui avait jusque-là à peine jeté les yeux sur un seul garçon et n'en avait que pour ses livres et ses cahiers depuis qu'elle la connaissait !

Le roman que Marie-Jo avait rédigé pendant ses années d'internat fut accepté par Gallimard l'année de ses quinze ans et publié au cours de celle qui suivit. Il fut aussitôt très remarqué. Ou, plus exactement, la *personne* de Marie-Jo fut remarquée. Du côté des journalistes, c'était à qui obtiendrait une interview d'elle et il ne se passait guère de jour sans qu'on la vît à la télévision dans un *talk show* ou dans un autre. Le couple royal lui-même lui fit parvenir un télégramme de félicitations.

D'après moi, la raison de cette hystérie collective était moins l'extrême jeunesse de l'auteur que le sujet que l'ouvrage abordait. Ainsi que la façon dont il était traité. Ce récit de la vie d'une prostituée des quartiers chauds de Paris était marqué au coin de l'expérience personnelle. Elle avait beau, interview après interview, marteler que cette histoire était inventée de A jusqu'à Z et qu'elle n'avait jamais mis les pieds rue Saint-Denis ni rencontré une seule prostituée, rien n'y faisait.

Le mystère en vertu duquel une élève modèle d'un pensionnat de jeunes filles belge ultracatholique avait accompli le prodige de décrire un milieu parisien dépravé avait fait perdre l'esprit aux critiques. Ils n'arrêtaient pas de poser des questions du genre: « Que va-t-il advenir d'elle ? » ou encore de dire: « L'exceptionnelle maturité de l'auteur me fait penser à un autre génie précoce: Françoise Sagan. »

Le roman était certes bien écrit, aucun doute là-dessus, mais ce n'était nullement un chef-d'œuvre. Je me souviens d'avoir pensé: Pauvre petite ! Comment va-t-elle pouvoir être à la hauteur de tout ce qu'on attend d'elle ?

Son père n'a pas échappé à cette attention médiatique. Quel effet cela fait-il d'avoir une fille célèbre ? lui demandait-on. Quels projets formez-vous pour elle ? Comment était-elle petite ? Et ainsi de suite. Il était fier comme un paon de sa fille. Il parla de sa joie le jour de sa naissance, déclara qu'il avait remarqué ce don exceptionnel lorsqu'elle l'avait forcé à lui apprendre les lettres de l'alphabet à l'âge de trois ans... Et puis, quel privilège c'était d'être son professeur de français : elle avait toujours été la meilleure de sa classe et il était convaincu qu'elle ne devait pas renoncer à la carrière universitaire qui semblait s'imposer à elle avant ses débuts comme romancière.

– Elle pourrait se spécialiser dans n'importe quelle discipline, a-t-il confié à notre concurrent *La Libre Belgique* : langues, philosophie voire sciences naturelles, elle excelle en tout. Et ce ne peut être un mal de posséder des connaissances. Elles lui seront toujours utiles, même si elle continue à écrire. En outre, un titre universitaire est une bonne chose pour s'assurer une position de repli. Les temps changent et il est possible qu'un jour plus personne ne lise un livre. Ce jour-là, ma Marie-Jo sera peut-être professeur d'astronomie !

En revanche, Frédérique a refusé de s'exprimer. Elle n'a même pas consenti à se laisser photographier avec sa fille. Je me souviens de l'avoir trouvée dans sa cuisine, un jour de l'automne dernier, en train de repasser les chemises de son mari. Je ramenais Marie-Jo chez elle, après sa leçon d'équitation à Hoeilaart, parce que Bernard avait besoin de sa voiture pour autre chose – si je ne m'abuse, c'était pour effectuer l'une de ses innombrables visites au Fonds Simenon, près de Liège.

– Si tu veux bien monter dans ta chambre un instant, a-t-elle dit à sa fille. Je t'ai préparé une collation sur un plateau. Je voudrais dire deux mots à Suzanne.

Ce que Frédérique désirait savoir, c'était si, moi, l'adulte que Marie-Jo fréquentait le plus en dehors de l'école et de sa famille, j'avais remarqué quoi que soit d'inhabituel dans sa conduite. Était-elle plus nerveuse, plus tendue, inquiète ?

J'ai bien réfléchi avant de répondre, car la chose était délicate.

– Non, ai-je fini par dire. Elle n'a pas changé de comportement à mon égard. Elle est toujours aussi calme et gentille.

Mais, maintenant que tu attires mon attention là-dessus, il me semble que Claire se pose des questions à ce sujet. Il est possible que Marie-Jo ose plus s'ouvrir à sa meilleure amie qu'à une adulte.

– Qu'est-ce qu'elle a remarqué, ta fille? Excuse-moi de paraître indiscrète, mais c'est en réalité de la mienne qu'il s'agit.

– L'autre jour, elle m'a dit que, lorsqu'elle est en train de monter, Marie-Jo ne semble pas aussi concentrée qu'avant. «Bien qu'elle ait un cheval qui lui appartienne en propre! Et qu'elle a même payé sur ses deniers!»

Frédérique et moi avons alors évoqué la jalousie que Marie-Jo devait certainement susciter auprès de ses camarades. Et pas seulement parmi eux, d'ailleurs.

– Il ne manque sûrement pas de gens pour trouver qu'il est injuste que quelqu'un d'aussi jeune puisse faire paraître un livre, a fait observer Frédérique. Et en France, par-dessus le marché! Quand on sait à quel point il est difficile pour les auteurs belges d'être publiés à Paris! J'ai compris que c'est ce qu'on peut rêver de mieux. Si seulement Bernard mettait une sourdine à ses vantardises, au moins! Je me demande si Marie-Jo sera vraiment capable d'écrire ce second roman que l'éditeur ne cesse de lui réclamer.

– C'est peut-être pour cette raison qu'elle est aussi tendue, ai-je avancé.

– Je crois qu'il n'y a pas que cela, a soupiré Frédérique. Mais il est évident que ces interviews qui n'en finissent pas doivent la perturber considérablement. Les journaux étrangers se mettent aussi de la partie, maintenant. Et Bernard ne leur ferme pas la porte. Il ne refuse pas un seul entretien, alors que Marie-Jo irait volontiers se cacher dans la penderie. Elle n'est pas aussi robuste qu'elle le paraît, tant s'en faut.

Frédérique a ensuite voulu savoir si Claire n'avait rien

remarqué, de son côté. Savait-elle, par exemple, si Laurent était «gentil» avec elle?

– Claire ne me parle même pas de son propre petit ami, ai-je été obligée de reconnaître. Et je ne veux pas la forcer. Pourtant, ai-je ajouté après avoir hésité une seconde, je crois que, si elle avait noté quelque chose d'inquiétant, elle aurait tenté de le faire savoir. Malgré tout, il est toujours beaucoup plus facile de voir clair quand il s'agit de copines et pas de ses propres sentiments. Non, Frédérique, je crois que tu peux être rassurée sur ce point.

Comment pouvais-je me montrer aussi catégorique? Maintenant que j'ai toutes les clés en main, je comprends que j'aurais dû m'exprimer de façon beaucoup plus prudente.

Frédérique Wouters était une personne très simple dotée d'une forte dose de ce qu'on appelle très justement le «bon sens paysan». Elle n'était pas particulièrement cultivée et s'intéressait surtout au tricot et à la couture ainsi qu'à la façon de tenir et de décorer la maison semi-mitoyenne que louait la famille, avenue des Statuaires. Ils étaient venus habiter là après avoir quitté un appartement assez modeste du quartier universitaire et juste avant que Marie-Jo fût inscrite à l'Athénée royal d'Uccle, où elle pouvait facilement se rendre à pied. La maison était relativement récente et facile à entretenir, car elle n'était pas aussi humide et sujette aux courants d'air que la plupart des maisons belges. C'était l'un des architectes bruxellois les plus en vue qui l'avait construite dans les années 60 pour l'habiter avec sa famille, qui ne cessait de s'agrandir. La fierté de Frédérique, c'était la cuisine. A la différence de la majorité des cuisines belges, la leur était assez vaste pour contenir table, éléments, réfrigérateur, congélateur et lave-vaisselle. Frédérique pouvait même y installer sa planche à repasser et s'y adonner à son activité favorite. Chaque jour, elle consacrait au moins une heure aux chemises de Bernard et aux corsages de Marie-Jo, qui devaient être impeccables et ne pas présenter le moindre faux pli.

En revanche, comme je l'ai déjà signalé, ce n'était pas vraiment un cordon-bleu. Elle avait beau déployer tous ses efforts, m'avouait-elle, les plats qu'elle préparait n'étaient jamais parfaitement réussis.

– Ce n'est pas faute de vouloir, disait-elle, mais il semble que je sois dépourvue d'aptitudes dans ce domaine. Et Bernard en souffre. C'est au point qu'il a parfois l'impression qu'il aurait réussi à se faire publier, lui aussi, s'il avait été un peu plus gâté question nourriture.

– C'est des calembredaines.

– Bien sûr que oui, répondait Frédérique. Mais tu sais comment peut être Bernard, quand il s'y met.

En effet, je le savais très bien. J'avais eu, moi aussi, plus que ma part de ses éternelles lamentations sur l'injustice de la vie. Jusqu'à ce que le roman de Marie-Jo fût accepté, il ne cessait de ressasser l'erreur scandaleuse qu'avaient commise les éditeurs en refusant de publier son propre roman.

Mais il est évident que Frédérique était encore bien plus exposée que moi à ses récriminations. Car il ne se contentait pas de se plaindre de sa façon de cuisiner. A intervalles réguliers, il rendait sa femme responsable de tout et ce n'est pas simplement une façon de parler. A ces moments-là, il allait jusqu'à soutenir qu'elle lui avait mis des bâtons dans les roues depuis le début de leur relation, qui remontait à ses trente-quatre ans, quand il l'avait rencontrée à Liège et lui avait presque aussitôt fait un enfant. Il avait pris cette grossesse, m'a confié Frédérique, comme « un coup au-dessous de la ceinture ». Il ne croyait pas que, étant si attachée à ses élèves de maternelle, elle désirerait avoir un enfant à elle. « Il n'en savait vraiment pas long sur les femmes », m'a-t-elle dit par la suite. C'est pourquoi elle avait été très surprise lorsqu'il lui avait demandé de l'épouser. Mais cet étonnement n'avait pas duré très longtemps. Ils ne s'étaient pas plus tôt mis en ménage qu'elle avait compris que, pour lui, le mariage était surtout une question de confort personnel. Grâce aux services qu'il considérait comme du devoir d'une épouse de fournir à son mari, il disposerait enfin du calme dont il avait besoin pour rédiger son roman. Ce roman qu'il avait en tête depuis des années et qui ferait de lui le digne successeur de Georges Simenon.

– Crois-le ou pas, a-t-elle ajouté en riant, si je n'avais pas eu trois ans de plus que lui, très exactement, il ne m'aurait pas épousée. Il y voyait un signe du destin. Je ne sais combien de fois il m'a répété que la première femme de Simenon avait trois ans de plus que son mari, elle aussi.

La triste vérité est, cependant, que ce mariage n'avait rien ajouté ni retiré aux chances de Bernard de percer en tant qu'écrivain. A mes yeux, c'est surtout son orgueil qui a empêché la réalisation de ses espoirs. S'il avait accepté d'être publié chez un petit éditeur belge, il aurait peut-être eu ses chances. Son livre, que j'ai par la suite eu l'occasion de lire, n'était pas inintéressant et valait même mieux que la majeure partie de ce qui se publie chez nous. Mais, pour celui qui voulait être Simenon, il ne pouvait être question que de Paris.

– Il y a des moments où j'ai envie de prendre Marie-Jo et de fiche le camp d'ici, m'a dit Frédérique, ce jour de l'automne dernier, en claquant son fer à repasser sur la chemise de son mari. Tu sais ce que j'ai rêvé, cette nuit ?

– Non, c'est beaucoup trop me demander.

– Et moi qui croyais que tu lisais dans les pensées des autres ! a-t-elle poursuivi. Mais, blague dans le coin, j'ai rêvé que j'étais penchée sur Bernard avec un couteau à la main, un de ces horribles coutelas à grand manche. Je me suis réveillée au moment où je criais que j'allais le tuer. Espèce de salaud, lui criais-je, j'aurai ta peau !

– Ça sent le roussi, ai-je alors dit.

Frédérique n'a pas réagi. J'ai donc empoigné le fer à repasser, mais il était déjà trop tard. La belle chemise de Bernard portait une vilaine tache de brûlure en plein sur le devant.

– Pourquoi ne pars-tu pas, alors ? ai-je demandé.

– Marie-Jo n'accepterait jamais, a soupiré Frédérique. Elle est beaucoup trop attachée à son père, cette petite.

Il m'est venu une idée.

– Et si j'emmenais les filles faire du ski, à Noël ? En Autriche ? Ou en France, dans les Alpes ? Ce serait une excellente détente pour Marie-Jo.

Frédérique m'a adressé un de ces sourires tristes qui la caractérisent.

– C'est gentil de ta part, mais Bernard n'y consentirait jamais. Il a décidé que Marie-Jo ferait son rattrapage de mathématiques pendant les vacances de Noël, justement.

A ce moment, son mari a poussé la porte.

– Ça sent le roussi, a-t-il dit aussitôt.

Je ne me souviens pas exactement comment Frédérique est parvenue à dissimuler à ses regards la chemise brûlée et à le persuader qu'il ne s'était rien passé. Ce qui m'est resté dans l'esprit, c'est le triomphe qui se lisait dans ses yeux quand il a ouvert l'enveloppe qu'il tenait entre ses mains.

– Enfin, s'est-il exclamé. Enfin des nouvelles de Suède !

– Je ne comprends pas, ai-je marmonné.

– Toi qui es si souvent allée en Suède, tu as dû entendre parler de l'Académie suédoise.

Je n'en croyais pas mes oreilles. L'Académie suédoise ne pouvait quand même pas s'intéresser à cette débutante de dix-sept ans qu'était Marie-Jo !

Mais ce n'était naturellement pas le cas. La lettre était

expédiée par une journaliste accréditée auprès de l'Union européenne, à Bruxelles. Je l'avais rencontrée lors d'une réception à l'ambassade de Suède. Elle m'avait appris que, pour se rafraîchir un brin de ses sempiternels articles sur les pesantes questions de réglementations et de subventions, elle avait coutume de donner à la rubrique des potins mondains du *Dagens Nyheter* quelques échos sans prétention.

La lettre était adressée à Mlle Marie-Jo Wouters. Et non pas à son père.

TU N'ES PAS COMME LES AUTRES HOMMES

L'homme qui n'avait même plus deux jours à vivre n'avait aucune idée de la façon dont il avait échoué dans cet hôtel du 1er arrondissement. Il ne savait qu'une chose : ce n'était pas dans celui-là que Marie-Jo lui avait réservé une chambre. Il s'appelait l'*Hôtel Balzac*, il en était certain. C'était aussi un trois étoiles, mais situé dans le 8e, tout près des Champs-Élysées, et un huissier en livrée montait la garde devant l'entrée, à en croire la carte postale envoyée par Marie-Jo quand les éditions Gallimard l'y avaient logée.

Bernard Wouters s'était réveillé avec un affreux mal de tête et des souvenirs très disparates sous forme d'images qui dansaient derrière ses paupières. Il y avait par exemple une femme avec un fume-cigarette en ambre perchée sur un siège de bar, une autre en train d'écraser un mégot de gauloise et une troisième avec un labrador assis à côté d'elle sur le siège avant d'une voiture.

Ah oui, il se rappelait maintenant avoir pris un taxi.

– Rue Saint-Denis !

La mémoire lui revint clairement. Après une longue discussion avec un vendeur de souvenirs, près du Sacré-Cœur, il avait hélé un taxi. Il était entré dans ce bar pour prendre un verre de vin. La simple vue du funiculaire descendant vers la place Saint-Pierre lui avait donné la nausée et il avait besoin d'un peu de vin pour se remettre. C'est alors que ce vendeur était venu l'importuner pour le persuader que, avec ce visage triste, il lui fallait à tout prix un chapelet. Cela l'avait révolté. Il n'était surtout pas triste. Comme s'il était l'une de ces silhouettes mélancoliques peuplant les livres de Simenon ! L'homme au petit chien, par exemple. Alors qu'il aurait pu être Simenon en personne !

Il avait donc pris un taxi pour la rue Saint-Denis, parce que c'était le premier nom qui lui était venu à l'esprit, dans l'urgence, quand ce vendeur lui avait mis un chapelet de force dans la main.

– Cinquante francs, c'est mon dernier prix. Il faut me croire, monsieur, vous allez en avoir besoin.

De la course il n'avait d'autres souvenirs que la nuque mince et la coiffure à la garçonne de la conductrice, son bavardage avec le labrador et les flocons de neige tombant de l'autre côté de la vitre. Ah, si ! cette femme avait l'accent belge. En plein milieu de la circulation, elle s'était retournée et lui avait demandé :

– Vous êtes belge, vous aussi, monsieur ?

Le caractère affirmatif de sa réponse lui avait valu une tirade fort peu intéressante à propos de parents, en Belgique, qu'elle n'avait pas vus depuis longtemps et auxquels elle devrait, naturellement, rendre visite. Mais elle n'arrivait pas à se décider. Elle avait des enfants à nourrir et il fallait qu'elle travaille dur. Parfois, elle était si fatiguée qu'elle avait peur de s'endormir au volant. Heureusement, son chien veillait pour l'en empêcher. Mais, à part cela, il ne lui était pas d'une grande utilité. S'il venait à l'idée d'un brigand quelconque de l'attaquer, il n'était pas sûr qu'il eût le temps de réagir.

Puis, très brusquement, elle lui avait dit :

– Je vous dépose rue Sainte-Apolline. La rue Saint-Denis est piétonne.

– C'est parfait, j'aime bien marcher.

Il avait honte d'avoir pris un taxi. Simenon n'aurait jamais fait cela. Pas pour une si petite distance, en tout cas. La course avait pris au plus un quart d'heure. Mais il allait compenser en descendant lentement la rue Saint-Denis pour humer l'atmosphère et s'imprégner des odeurs et des bruits de Paris. Pour Simenon, les odeurs étaient primordiales, c'était ce qui le mettait dans les dispositions qu'il fallait en vue d'un nouveau roman.

C'était étrange : Bernard Wouters se souvenait de ce qu'il avait pensé mais pas de ce qu'il avait fait. Il avait beau s'efforcer d'évoquer en lui l'image de la rue Saint-Denis, celle-ci s'était comme évaporée de son esprit. Au lieu de cela, c'était une autre image qui se présentait à lui : cette femme perchée sur son siège, au bar. Celle au fume-cigarette en ambre. Elle accomplissait l'exploit de siroter un gin-fizz tout en gardant son fume-cigarette au coin des lèvres. Pour sa propre part, il avait pris un calvados. Simenon n'aurait jamais bu de gin-fizz, lui ! Mais peut-être confondait-il avec Maigret. Comme si souvent, ses deux idoles avaient une certaine tendance à se superposer.

C'est la faute de Jean Gabin, se dit Bernard Wouters, dans son lit d'hôtel de la rue du Cygne, en s'efforçant de se remémorer le soir précédent. Cet acteur incarnait à la perfection aussi bien l'auteur que son personnage.

Il n'était d'ailleurs pas le seul dans ce cas : Denyse, la seconde femme de Simenon, les confondait elle aussi. A ses yeux, le commissaire Maigret était Simenon, de même que, pour sa part, elle était Mme Maigret. Quelle idée démente ! Elle avait la folie des grandeurs, cette pauvre femme. Alors qu'elle avait été un véritable boulet pour son mari, avec ses perpétuelles dépressions nerveuses et son appétit sexuel malsain.

Bernard Wouters lâcha des yeux les roses fanées de la tapisserie et se retourna dans son lit. Il lui était venu une idée : peut-être n'avait-il pas passé la nuit seul. Il n'avait pas vraiment le souvenir d'avoir eu quelqu'un dans son lit, cette nuit-là, mais sa mémoire ne semblait pas particulièrement fiable. Le mieux était de tirer la chose au clair. Une femme trahit toujours son passage par des traces d'un genre ou d'un autre : des cheveux sur l'autre moitié du traversin ou un petit mot sur la table de chevet. Simenon n'aurait jamais laissé la femme du bar partir ainsi. Il aurait aussitôt agi, au lieu d'hésiter tant et plus, comme lui, à ce qu'il se rappelait. S'il n'y avait pas eu cette odeur, à la fois douce et bestiale, qu'il avait perçue lorsqu'elle s'était penchée vers lui et lui avait chatouillé le visage avec ses cheveux.

Simenon, lui, aurait empoigné cette femme, lui aurait fait franchir la porte sans ménagement, l'aurait emmenée dans le premier hôtel de passe venu et l'aurait prise en levrette ! Il n'aurait pas laissé passer une pareille occasion, cet homme ! Dans son célèbre entretien avec Fellini, en 1977, il s'était vanté d'avoir possédé dix mille femmes. Dont huit mille prostituées. Il les avait comptées. Sa première conquête, il l'avait faite à l'âge de treize ans et il avait ensuite continué au rythme de deux ou trois par jour pendant le restant de son existence.

Mais il fallait dire aussi qu'il avait puisé l'essentiel de son inspiration au bordel. C'est là qu'il avait trouvé l'idée et l'atmosphère de nombre de ses livres. Et ce depuis sa première visite dans l'un de ces lieux, alors qu'il était encore adolescent mais déjà reporter à la *Gazette de Liège*.

Pour moi, les choses ont mal tourné dès le début, se dit Bernard Wouters, en examinant de près ce curieux objet long et rond, appelé traversin, que les Français semblent considérer comme indispensable à un bon sommeil. Je n'ai jamais osé aller au bordel dans ma bonne ville de Liège. Même pas à Bruxelles, d'ailleurs. La seule fois où je me suis vraiment senti comme Simenon, c'est pendant ma précédente visite à Paris.

Soudain il se souvint ! C'était cela qui l'avait poussé à revenir rue Saint-Denis ! C'était là qu'il avait fait une expérience bouleversante, plus de vingt et un ans auparavant. Il avait suivi une prostituée qui faisait le trottoir devant un bar où il était allé prendre un calvados. Il n'avait pas prévu que la soirée se terminerait de cette façon et n'avait même pas espéré se faire accoster. Il était absolument certain de ne s'être rien figuré de tel. Il s'était simplement trouvé dans un état d'esprit qu'il qualifiait lui-même de simenonien. Et quelque chose dans cet esprit l'avait incité à se comporter comme il l'avait fait.

Mais il ne s'était pas du tout agi du genre de coït bref et brutal dont Simenon s'était fait une spécialité. Il n'avait pas vraiment joui. Cette femme ne l'excitait pas comme les prostituées de Simenon. Sitôt qu'ils étaient arrivés dans la chambre qu'elle louait au troisième étage d'un immeuble assez délabré de la rue Saint-Denis, elle s'était mise à parler. Elle lui avait révélé qu'elle éprouvait un énorme besoin de s'épancher, elle, pour une fois, « après tous ces types qui viennent se vider en moi tous les jours ». Elle avait choisi Bernard parce qu'elle avait aussitôt vu qu'il était du genre à savoir écouter.

– Tu n'es pas comme les autres hommes, lui avait-elle dit. Tu ne viens pas seulement pour tirer ton coup, il y a quelque chose d'autre en toi.

Quelle humiliation ! Mais il lui avait prêté l'oreille, néanmoins. Un bref instant, il avait réussi à écarter Simenon et sa voix obstinée. Il avait écouté le récit de la prostituée du début à la fin. Elle était elle-même fille de prostituée, n'avait pas connu son père et faisait donc une fixation sur ce géniteur qu'elle n'avait jamais vu, dont elle ne savait ni le nom ni seulement à quoi il ressemblait. Mais elle était persuadée que c'était le plus beau et le plus doux des hommes. Peut-être était-ce lui qui «protégeait» sa mère et l'inciterait par la suite, en lui dorant la pilule, à travailler pour lui.

Il ne s'était jamais senti aussi humilié. Cette prostituée l'avait traité comme s'il avait été son confesseur. Lui qui allait bientôt être le nouveau Simenon! Mais ce n'était pas tout. Vers la fin de la «confession», elle lui avait sorti le membre et avait commencé à le caresser. Incapable de résister, il n'avait pas tardé à avoir une érection de première grandeur et, en quittant cet immeuble grisâtre et délabré de la rue Saint-Denis, il était complètement épuisé. Il ne se prenait plus pour Simenon et n'avait plus été lui-même pendant plusieurs jours.

Le pire était qu'il ne s'était pas montré à la hauteur de son idole. Celui-ci ne serait jamais sorti aussi piteusement de la chambre de Delphine: anéanti, incapable de réaction. A supposer que Simenon se fût laissé surprendre – idée déjà assez absurde en soi –, il aurait aussitôt oublié cette expérience, serait entré dans le premier bar venu, aurait commandé un calvados, allumé sa pipe, tiré son enveloppe jaune de sa poche et noté quelques souvenirs.

Il ne disposait ni d'une pipe ni d'une enveloppe jaune, lui. Il avait essayé à plusieurs reprises d'apprendre à fumer la pipe, mais il avait chaque fois ressenti l'impression d'étouffer et, au total, échoué lamentablement. Et le genre d'enveloppe jaune dont Simenon veillait à toujours disposer en quantité suffisante n'existait plus dans le commerce. Il n'était pas même parvenu à trouver quel était le fournisseur attitré de l'écrivain. Les notes qu'il avait ensuite tenté de prendre, néanmoins, avaient été en conséquence. Et, en approchant de la fin de l'histoire, il avait dû tirer un grand trait et lâcher la plume. Sa mémoire restait bloquée à un certain point au-delà duquel elle ne devait jamais remonter par la suite.

Petit à petit, il avait cependant fini par rédiger un roman à partir de ses notes. Celui-ci n'était pas mauvais, il en était encore persuadé malgré le nombre de refus qu'il avait essuyés. L'ennui, c'était qu'il n'avait pas vraiment réussi la fin. Il n'était pas arrivé à terminer son histoire sur le meurtre que tout lecteur de Simenon est en droit d'attendre. Le héros de son roman aurait dû planter son couteau dans le corps de cette prostituée qui l'avait humilié. Au lieu de cela, il avait imaginé, tant bien que mal, une fin pathétique qui montrait le client et la femme tombant dans les bras l'un de l'autre.

Pourtant, il était satisfait de l'atmosphère et des personnages. La jeune prostituée du roman était la copie conforme de cette Delphine qu'il avait rencontrée rue Saint-Denis. Et les odeurs que, en bon disciple de Simenon, il avait rendues minutieusement, il les avait senties vraiment, à Paris, ce soir-là : ce fort relent d'urine derrière la porte d'entrée en mauvais état, les pommes et les poires dans la coupe de fruits de Delphine, et ses propres vomissures une fois de retour dans sa chambre d'hôtel.

A ce moment-là, un fumet de café se glissa sous la porte et tira Bernard Wouters de ses rêveries. Il n'avait qu'à demander qu'on lui monte son petit déjeuner dans sa chambre. Un grand pot de café. Quand on logeait à l'hôtel, à Paris, on pouvait s'offrir ce petit luxe. Sa migraine disparaîtrait alors comme par enchantement.

Il reconnut, non sans mal, la jeune fille qui posa le plateau sur la table de chevet. C'était elle qui l'avait aidé à se mettre au lit, la veille au soir.

– Vous vous sentez mieux, monsieur ? demanda-t-elle d'une voix douce et plaisante.

– Je devais être complètement parti, marmonna Bernard

Wouters. Est-ce que vous pouvez me dire ce qui s'est passé, mademoiselle ?

– Je vous ai vu dans le bar au coin de la rue, répondit-elle avec un sourire. Vous étiez tombé du siège et vous vous étiez fait mal à la tête. Mais je ne crois pas que vous ayez une bosse. Le barman est venu vous apporter une poche de glace, dès qu'il a vu ce qui vous était arrivé.

– Et, après ça, vous vous êtes chargée de moi ? Je suis vraiment désolé. Je ne vous ai quand même pas...

– Vous n'avez pas à vous inquiéter, monsieur, dit-elle avec un grand sourire tout à fait désarmant. Je suis capable de me défendre.

A la différence des femmes de Simenon... se dit Bernard Wouters.

– Et j'ai pu vous donner une chambre où il n'y a pas de poussière, poursuivit la jeune fille. Vous avez beaucoup insisté sur ce point.

UNE PLAIE
QUI NE VOULAIT PAS CICATRISER

La première fois que j'ai vu Marie-Jo Wouters, elle avait treize ans. C'était le jour de la rentrée pour Claire, à Saint-Hubert, et nous étions venues ensemble en voiture de Bruxelles. Ma fille n'était pas gaie. Sur l'autoroute, elle n'avait pas desserré les lèvres, se contenant de regarder par la vitre. Elle avait été très marquée par la scène où nous nous étions opposées la veille au soir, mais moi aussi. Elle avait versé des larmes sur son cheval, qu'elle ne reverrait que le week-end, alors qu'elle venait seulement de se familiariser avec lui.

– Tu es la mère la plus méchante que je connaisse, avait-elle hurlé. Tu n'as aucune idée de ce que c'est que de se séparer d'un cheval. Chaque fois que je dois laisser Father Brown dans son box, j'ai les larmes aux yeux. Et maintenant, je ne vais pas le revoir de toute la semaine.

Father Brown était son cheval, un selle français à chanfrein blanc dont le patronyme officiel était Joseph. Elle avait saisi ce nom au vol pendant que je me livrais à l'une de mes lectures à haute voix de mon cher Chesterton, en tête à tête, le samedi soir. Même moi qui ne connais rien aux chevaux, j'étais capable de voir que Father Brown était un animal magnifique. Claire avait parfaitement raison. Jeune, je n'aurais jamais pu prendre des leçons d'équitation, même si je l'avais souhaité ardemment. Mon père avait assez de frais auxquels faire face et ma mère était femme au foyer. Une bonne partie des revenus du cabinet d'avocat paternel était consacrée à l'entretien d'un logement et d'une voiture dignes de notre rang et à des versements sur un livret de caisse d'épargne destiné à permettre aux enfants de poursuivre des études. En outre, je n'aurais jamais eu le temps de me consacrer à une forme de loisir aussi prenante. L'emploi du temps que mon père m'imposait en matière de travail scolaire à la maison accaparait la plupart de mes instants de liberté. Les rares heures restant disponibles étaient réservées à la natation, car il avait droit à l'accès gratuit à la piscine, en qualité de trésorier de la société qui gérait l'établissement. Je suis d'ailleurs persuadée que c'est ce qui lui avait fait accepter le poste. Il était convaincu que la natation est le sport qui fortifie le plus le corps et surtout le dos. Or pour celui qui doit rester penché de longues heures sur une table de travail il est nécessaire d'avoir un dos robuste. Peu importait si, moi, je détestais la natation.

« C'est pour ton bien », me suis-je entendu dire jusqu'à l'écœurement pendant toute ma jeunesse.

J'avais essayé d'expliquer cela à Claire, mais elle n'avait pas vraiment eu la force de m'écouter. Ça datait de l'âge de la pierre, ces histoires ! « Et puis, d'ailleurs, tu m'as dit un jour que tu ne t'intéressais absolument pas aux chevaux ! » Ce qu'elle retenait surtout, c'étaient les paroles de son grand-père : « C'est pour ton bien ! »

– Tu ne comprends donc pas que tu es comme lui ! Si tu m'envoies en pension, c'est pour mon bien, n'est-ce pas ? C'est toi-même qui l'as dit !

Elle avait raison, en effet. Avec sa logique d'adolescente de douze ans, elle avait compris que les erreurs dont on est victime pendant sa propre enfance n'empêchent nullement qu'on y expose ses propres enfants par la suite. J'ai été obligée de reconnaître que j'avais beaucoup trop parlé de son bien, de l'attention dont elle serait l'objet à l'internat, de l'appartement vide qu'elle n'aurait pas à retrouver quand elle rentrerait de l'école, des nouveaux camarades qu'elle se ferait et de l'assurance qu'elle gagnerait à se sentir capable de se passer des semaines durant de l'aide de sa maman.

– Mais tu ne te rends pas compte que tu te contredis ! s'est-elle de nouveau mise à crier. Tu commences par dire que je n'aurai pas à retrouver un appartement vide le soir, et ensuite tu soutiens que tu me dorlotes trop !

Il fallait voir les choses en face : je n'avais à m'en prendre qu'à moi-même si la dernière soirée que Claire passait à la maison et dont j'attendais tant avait si mal tourné. J'avais le sentiment d'un affreux échec. J'avais beau tenter d'expliquer et de rattraper cela en arguant que je désirais seulement qu'elle soit entourée de gens attentionnés et qu'elle n'ait pas besoin de tenter de me toucher au téléphone parce que je n'avais pas eu le temps de laver ses jeans ou de préparer à dîner, cela ne servait à rien.

– Comme si ça pouvait me rendre plus indépendante ! Ou me donner confiance en moi, comme tu as eu le culot de le soutenir ! Pourquoi ne dis-tu pas les choses comme elles sont ? Tu te soucies de ta fille comme d'une guigne. Tout ce qui t'intéresse, c'est ton foutu boulot. J'ai bien compris, tu sais. Je ne serai pas plus tôt enfermée chez ces foutues bonnes sœurs que tu te mettras à bosser plein pot. Jour et nuit, si tu veux. Merde alors !

Une fois de plus, j'ai dû me rendre aux raisons de Claire. Et avaler, par la même occasion, ces gros mots qui lui sortaient de la bouche à profusion. L'éducation, ce serait pour une autre fois. Elle était dans le vrai, cette petite. Je *voulais* travailler plus et surtout plus efficacement que je n'avais pu le faire en élevant seule ma fille, avec la mauvaise conscience permanente qu'elle était en train de m'attendre à la maison. Je savais que j'étais une bonne journaliste, je foisonnais d'idées de reportages, tous plus importants, tous plus éclairants les uns que les autres, et qui seraient dans mes cordes si seulement je pouvais m'absenter plusieurs jours de suite.

Claire a fini par me lancer un ultimatum.

– J'y vais à une condition, a-t-elle dit. C'est que je puisse en partir si je ne tiens vraiment pas le coup. Ou bien, a-t-elle ajouté en souriant pour la première fois de la soirée, si Father Brown ne tient pas le coup, lui. Il va s'ennuyer de moi à mourir.

Ce n'est qu'alors que nous approchions de Saint-Hubert après avoir quitté l'autoroute que Claire a consenti à répondre à ma question. Dans un effort désespéré de rapprochement, je lui avais demandé si son papa aussi allait lui manquer.

– Ce père de merde ! Jamais de la vie ! Il pourrait aussi bien être mort ! Mon père, à moi, c'est Father Brown.

Voilà donc ce qu'il en était. Une plaie qui ne voulait pas cicatriser. C'était ma faute, cela encore. Je n'aurais jamais dû accepter qu'André continue à vivre avec son autre famille, « l'officielle », une fois ma grossesse constatée. J'aurais dû faire preuve de fermeté et exiger qu'il divorce. Au plus tard lors de la naissance de Claire.

Je n'ai toujours pas compris comment nous avons réussi à faire bonne figure lorsque la sœur de service nous a accueillies. C'est d'ailleurs Claire qui y est le mieux parvenue. Elle possède un cran extraordinaire, cette fille. Mais peut-être la tâche lui a-t-elle été facilitée par le fait que Marie-Jo se tenait sur le perron, à côté de sœur Béatrice.

– Voici ta camarade de chambre, Claire, a dit cette dernière. J'espère que vous vous entendrez bien.

Nous avons alors pénétré dans la chambre que les deux

jeunes filles allaient partager pendant près de deux ans. Elle était meublée de façon spartiate. Le long de chacun des murs latéraux était placé un lit d'une personne dépourvu de couvre-pieds à la tête duquel se trouvait une table de chevet branlante. L'un des bureaux était placé devant la fenêtre donnant sur un petit parc. L'autre était coincé entre le lit et la penderie. Il n'y avait ni fauteuil ni siège confortable de façon générale. Ceux des bureaux étaient de simples chaises. Le reste de l'ameublement se résumait à une étagère au-dessus du lavabo ainsi qu'à un crucifix par lit.

Comment les choses allaient-elles se passer? A Bruxelles, Claire avait pu installer sa chambre exactement à sa guise et il n'y restait plus un centimètre carré de libre. Le lit croulait sous les peluches de toutes formes et couleurs. Les murs, eux, étaient couverts de posters représentant des chevaux et, sur l'étagère, il y avait plus de photos de Father Brown que de livres.

La déception de Claire n'a pas échappé à sœur Béatrice – pas plus que la mienne. Lorsque j'étais venue vérifier que cet internat pourrait offrir une solution satisfaisante pour permettre à ma fille de terminer sa scolarité secondaire, on m'avait montré une autre chambre, beaucoup plus agréable et aménagée de façon moins froide.

– Nos pensionnaires peuvent naturellement apporter leurs affaires personnelles, a dit sœur Béatrice. J'espère que nous n'avons pas oublié de vous le signaler?

Quelle a été ma première impression de Marie-Jo? Quand je repense à ce jour d'automne, à Saint-Hubert, voici trois ans et demi, je vois une jeune fille de petite taille, assez rude. Elle a des cheveux noirs coiffés à la garçonne, des yeux bruns vifs et un petit menton énergique. Il est probable qu'elle n'est pas encore pubère. Mais, quand je me demande si un véritable contact s'est établi entre nous, je ne sais trop que penser. Ne s'est-elle pas dérobée, comme si elle avait peur que je ne l'approche de trop près ?

Mon souvenir suivant, c'est d'avoir pris congé des deux filles près de la voiture en quittant l'internat environ une heure plus tard. Je me rappelle très distinctement le regard d'intelligence que Claire et Marie-Jo ont échangé lorsque j'ai fait marche arrière sur le parking. Un peu comme si elles se disaient : même si les adultes nous laissent tomber, on sera toujours l'une avec l'autre.

Elles avaient eu le temps de défaire leurs valises et de se partager équitablement le peu d'espace dont elles disposaient. Elles avaient déménagé les bureaux pour les placer à angle droit de la fenêtre, décidé qui accrocherait sa serviette de toilette à quel endroit et quel côté du lavabo serait attribué à laquelle des deux. Elles avaient même réussi le tour de force de caser tous leurs vêtements dans la minuscule penderie en marquant clairement la séparation entre les deux parties. A droite, les pulls et les jeans de Claire, à gauche, ceux de Marie-Jo. Il est vrai qu'elles n'avaient pas apporté beaucoup d'affaires. L'internat fournissait l'uniforme scolaire et elles avaient donc uniquement besoin de sous-vêtements, de pyjamas et de tenues de loisirs.

C'est par l'intermédiaire de Claire que j'ai, peu à peu, appris à connaître Marie-Jo. A cette époque déjà, elle se distinguait par le caractère intellectuel de ses centres d'intérêt. Les livres qu'elle lisait, Claire ne devait pas les ouvrir avant son entrée au lycée.

– Tu imagines, m'a dit Claire un jour, alors qu'elle était à la maison pour le week-end, Marie-Jo lit même Simone de Beauvoir – c'est vachement difficile ! Elle s'est juré qu'elle allait savoir qui a raison : Simone ou bien cette bonne femme de Bruxelles qui affirme qu'elle n'a rien compris du tout. Que les garçons et les filles ne sont pas identiques au départ. Mais que le contraire n'est pas vrai non plus.

– Quelle bonne femme ? ai-je demandé.

– Charrie pas, maman. Tu sais très bien de qui je veux parler. Suzanne Lilar, pardi. Tu l'as interviewée toi-même.

Pan sur les doigts ! Et preuve, s'il en était besoin, que Claire s'intéressait un peu plus qu'elle ne le prétendait à mon travail.

– Ah oui, me suis-je contentée de dire.

J'étais curieuse de connaître la version que Claire allait me servir des théories de Suzanne Lilar.

– Enfin, bon, a commencé par dire Claire, les joues en feu comme toujours lorsqu'elle allait expliquer quelque chose qu'elle tenait de la bouche de Marie-Jo. Eh bien, d'après elle, *tous* les êtres humains sont à la fois mâles et femelles. Il y a simplement que Dieu ou je sais pas qui a mis une dose différente de virilité et de féminité en chacun d'entre nous. Dès le début, donc. Ce n'est absolument pas une question d'éducation. Toi, par exemple, tu es peut-être soixante-dix pour cent femme et trente pour cent homme, alors que moi je suis quatre-vingt-dix pour cent femme et dix pour cent homme.

– Et Marie-Jo ? ai-je demandé.

– Elle est *fifty-fifty*, je crois, a répondu Claire en riant. Mais elle aimerait sûrement être cent pour cent garçon. Tu as vu comment elle s'habille ?

Sans compter sa silhouette de garçon, ai-je pensé. Dépourvue de rondeurs, bien qu'elle ait déjà plus de quatorze ans.

– Au fait, tu sais pourquoi elle s'appelle Marie-Jo ? m'a demandé Claire un autre jour. C'est complètement dingue. Ce n'est même pas le diminutif de Marie-Joséphine. Elle a été baptisée comme ça : Marie-Jo.

– Je n'en ai pas la moindre idée. C'est peut-être de famille.

– Je t'en fiche ! C'est son cinglé de père qui se prend pour le nouveau Simenon. Et comme l'autre a appelé sa fille Marie-Jo, il fallait qu'il le fasse aussi.

– Et pourquoi Simenon a-t-il choisi ce nom-là ?

– T'es bouchée, ou quoi ? Il s'est pris lui-même comme modèle, bien sûr. Il se prénommait Georges, comme tu sais, mais sa femme l'appelait Jo. La pauvre fille ! Alors qu'il y a tellement de beaux noms entre lesquels choisir.

– Claire, par exemple, ai-je suggéré.

– J'ai pas à me plaindre, a-t-elle répondu en avalant le jus d'orange que je lui avais servi pendant qu'elle s'attaquait à la lourde tâche de distinguer le masculin du féminin. Mais il faut qu'on file ! Father Brown est certainement en train de piaffer d'impatience. Il sait que je vais le monter seule, aujourd'hui. Et qu'on ira où je voudrai ! Youpi !

La pauvre fille ! n'ai-je pu m'empêcher de penser tandis que je conduisais Claire à Hoeilaart pour sa leçon d'équitation. Qui nourrissait un amour malheureux pour son célèbre père, a été victime d'abus sexuels de la part de sa mère, a échoué dans tout ce qu'elle a entrepris et mis fin à ses jours à l'âge de vingt-cinq ans !

A quoi avait pensé Bernard Wouters quand il avait choisi de donner à sa fille le nom de Marie-Jo Simenon ?

Quelques années plus tard, je devais avoir l'occasion de me poser cette question plus sérieusement encore.

IL ÉTAIT SUR LA PISTE DU SECRET DE SIMENON

Quand cette fascination avait-elle commencé ?

Bernard Wouters était assis sur le bord de son lit, dans sa chambre d'hôtel de la rue du Cygne, en train de regarder l'image de lui-même que reflétait la glace poussiéreuse de l'armoire et de laisser vagabonder ses pensées. Comment avait-il pu laisser toutes ces années s'écouler ainsi ? Comment avait-il pu permettre à ce garçon aux cheveux luisants et fournis, aux beaux yeux clairs, de devenir cet homme de cinquante et un ans, un peu avachi et au crâne dégarni, qui le dévisageait de ce miroir ?

Il cacha son visage dans ses mains. Il aurait sacrifié n'importe quoi pour ne pas avoir à affronter ce sourire sarcastique. N'importe quoi : sa famille, son foyer, ses rêves d'écrivain. Non, pas ses rêves d'écrivain. Ils étaient déjà l'apanage de ce garçon qu'il n'était plus, dans cette enfance qui s'imposait à lui, en ce moment, sous la forme d'images très denses et d'odeurs émollientes.

Il se revoyait à Liège, au temps de son enfance, dans cette partie de la ville située à l'est de la Meuse et qui, depuis la plus haute antiquité, porte le nom d'Outremeuse. Il empruntait la rue Roture pour se rendre à l'école de la rue de la Loi, celle que Georges Simenon avait fréquentée quarante-cinq ans plus tôt. La rue Roture était étroite et son image ne cessait de le poursuivre. L'odeur de nourriture qui montait des restaurants serrés les uns contre les autres lui donnait toujours autant le vertige. Si seulement il avait pu, une seule fois, échanger les *couques au chocolat*[1] de la boulangerie de sa mère adoptive contre un morceau de viande bien juteux à emmener à l'école.

Mais, dès qu'il arrivait rue Puits-en-Sock, il se sentait mieux. Il était dès lors sur ce qu'il appelait intérieurement le « chemin de Georges ». C'était là que se trouvait jadis l'atelier de chapellerie du grand-père de l'écrivain, Chrétien Simenon. Il lui suffisait de traverser la rue du pont Saint-Nicolas pour se retrouver, quelques pâtés de maisons plus loin, rue de la Loi, où Georges Simenon avait grandi dans un immeuble locatif en brique rouge, en face d'une école : celle où il était maintenant élève lui-même. Il louvoyait entre les pavés des trottoirs, évitant soigneusement les crottes puantes des chiens et parfois contraint de se boucher le nez quand il passait près d'un sac à ordures que l'un de ces animaux perpétuellement errants avait crevé.

Enfin il arrivait à l'école, le très catholique institut Saint-André des Frères des écoles chrétiennes. N'était-ce pas là que tout avait commencé ? Près du robinet de la cour, cet endroit mystérieux entre tous. L'un des vieux maîtres lui avait en effet raconté que c'était à Georges qu'en était confiée la clé. Si quelqu'un avait besoin de boire de l'eau, c'était à Georges de l'accompagner jusqu'au robinet, de le déverrouiller et de veiller ensuite à ce qu'il fût soigneusement fermé de nouveau avant de replacer la clé dans la poche intérieure de sa veste.

Pourquoi était-ce à Georges, précisément, qu'avait été confiée la garde de « l'eau de la vie », pour reprendre la curieuse formule de l'instituteur ?

1. En français dans le texte.

C'était un élève modèle, toujours assis au premier rang, et donc toujours disponible pour remettre du bois dans le poêle et sonner la cloche lorsque venait le moment de la prière ou de la récréation. Et, dès l'âge de huit ans, il composait les rédactions les plus étranges.

Mais cela ne suffisait pas à tout expliquer. Il y avait autre chose, de plus profond. Quelque chose qu'il avait cru entrevoir, pendant l'office du matin, dans la « chapelle de Georges », comme il avait l'habitude d'appeler la chapelle de l'hôpital de Bavière, à Liège. Il s'y rendait de plus en plus souvent, en courant dans le bleu de l'aube, suivant les traces de son idole et respirant les mêmes odeurs que lui : celle de l'usine de chocolat, du café ouvert très tôt, du laitier, ainsi que celles qui restaient suspendues au-dessus du marché aux poissons et aux légumes, encore fermé à cette heure. Il était pressé, car il avait peur d'être en retard. Tout en courant, il pensait à Georges, qui aurait eu tellement besoin d'un vélo pour arriver à l'heure à l'office du matin ! Les quelques sous qu'il gagnait en tant qu'enfant de chœur ne lui suffisaient pas. Mais, quand il avait demandé à sa mère de lui prêter ceux qui lui manquaient, elle avait refusé.

– Tu ferais mieux de t'occuper d'en gagner, avait-elle sifflé, au lieu de penser à tout dépenser !

Bernard était arrivé à l'heure, ce matin-là aussi. L'enfant de chœur n'avait pas encore commencé à manier l'encensoir devant l'autel lorsqu'il pénétra dans la chapelle. Mais les vapeurs de l'encens n'avaient pas tardé à lui monter à la tête, il s'était assoupi et, l'espace de quelques secondes, ce fut lui, Bernard Wouters, qui se trouva devant l'autel, en longue chasuble blanche et noire lui tombant jusqu'aux pieds, ce fut lui à qui l'on faisait confiance, le plus pieux et le plus sensible des enfants de chœur.

Bernard Wouters sursauta. Ne s'était-il pas laissé aller à la somnolence, sur le bord de ce lit ? Il se redressa et se trouva de nouveau face à ce visage narquois, devant lui. Il n'était pas Georges Simenon ! Il n'était pas une silhouette légendaire, il n'était pas l'auteur de trois cents romans, il n'était pas publié chez Gallimard, il n'avait pas été proclamé par André Gide « le plus grand peut-être et le plus vraiment romancier que nous ayons eu en littérature française aujourd'hui ».

Il était Bernard Wouters, qui avait certes dans ses bagages un manuscrit de roman et une thèse de doctorat, mais dont pas un seul livre n'avait jamais été publié. Il avait dû se contenter d'être spécialiste de Simenon.

Pourquoi donc n'avait-il pas choisi celui-ci comme sujet de thèse ?

C'était une question qu'on lui avait posée à plusieurs reprises et à laquelle il n'avait jamais eu de mal à répondre.

– Simenon, je ne veux pas le disséquer, le mettre en morceaux, disait-il toujours. Il est trop grand.

Et il ajoutait, mais seulement pour lui-même : « Il est sacré. »

A la place, il avait décidé d'écrire sur le classicisme français. C'est-à-dire un sujet aussi éloigné que possible de Simenon !

Mais, continua-t-il à s'interroger, peut-on forcer le destin ? Simenon l'avait-il forcé, lui ? N'avait-il pas dû à un hasard particulièrement heureux de s'être écorché à l'âge de douze ans en cueillant des baies de houx, d'avoir été soigné par une certaine Renée, de trois ans plus âgée que lui, et d'avoir ainsi perdu son pucelage ?

Trois ans. Chiffre magique. Renée et Tigy, deux femmes auxquelles le destin avait fait croiser son chemin.

Envers lui, Bernard Wouters, le destin n'avait pas été aussi généreux. Il doutait fortement que ce fût à lui que Frédérique dût d'avoir croisé son chemin. Elle avait certes trois ans de plus que lui, mais la ressemblance s'arrêtait là. Non, il n'avait jamais eu de chance. Il n'avait pas connu de fille à l'âge de douze ans. Dans ce cas-là, il aurait aussi changé d'école pour être près de sa bien-aimée. Et ensuite les choses auraient suivi leur cours. Comme Simenon, il serait allé de conquête en conquête, dans les bars et les bordels de la rive gauche de la Meuse, il se serait mis à fumer la pipe…

Il avait du mal à croire que Simenon avait également quitté sa seconde école, pour de bon, à l'âge de quinze ans, parce que le médecin de la famille l'avait averti de la fin prochaine de son père. C'était plutôt parce qu'il savait, dès cette époque, qu'il ne disposait que de quelques années pour mener les expériences importantes. C'est pour la même raison qu'il s'était inscrit à *La Caque*, ce club qui lui procurait un accès illimité à tout ce dont il avait besoin : l'alcool, la drogue, les filles, la poésie d'avant-garde et les discussions philosophiques avec des gens ayant des dispositions identiques.

Mais peut-être Simenon ne le savait-il pas, malgré tout. Était-ce ce qui lui était arrivé à *La Caque*, à l'âge de dix-huit ans, qui l'avait incité à cette déclaration péremptoire : « Ce que vous n'avez pas abordé à dix-huit ans, vous ne l'absorberez plus. Le reste de votre vie, vous resterez par conséquent esclave de votre enfance et de votre première adolescence » ?

Bernard Wouters se servit une nouvelle tasse de café au lait, étala un peu de confiture sur un deuxième croissant, qu'il trempa avant de l'enfourner. Tandis qu'il mastiquait, surgit soudain en lui une image qui chassa Simenon de son esprit. Il avait pris une chambre dans un autre hôtel, ou plutôt une pension de famille, de Paris. Elle n'était pas très loin de la rue Saint-Denis, elle non plus. Mais il ne se souvenait pas de son nom, simplement de l'odeur de gauloises, de nourriture et de vinasse qui imprégnait ses murs. Il se souvenait aussi de la réceptionniste. Qui était peut-être la patronne, d'ailleurs. Assise dans un fauteuil avachi, derrière la réception, tendant ses jambes nues et enflées avec de vains efforts pour croiser ses pieds chaussés de pantoufles, elle avait soupiré :

– Le dîner est servi à huit heures trente.

L'espace d'un instant, il avait été tenté. De la cuisine montait une odeur de civet de lapin qu'il associait aux dimanches de son enfance. Mais il s'était maîtrisé. S'il était venu à Paris, ce n'était pas pour manger du civet de lapin mais pour marcher sur les traces de Simenon. Et sur celles du commissaire Maigret.

Il avait posé son pyjama sur le lit de fer, disposé ses affaires de toilette sur l'étagère en verre et quitté la pension. Quelques minutes plus tard, il était tombé en arrêt devant une vitrine. Celle-ci était entièrement consacrée à Simenon !

Cette tentation-là, il n'avait pu y résister. Il avait poussé la porte de la librairie et n'avait pas tardé à engager la conversation avec un jeune employé qui s'était révélé une encyclopédie vivante sur son idole.

– Nous venons de recevoir une réimpression, lui avait dit celui-ci : *Le Pendu de Saint-Pholien*. C'est un livre très particulier. Vous devriez l'acheter pendant qu'il nous en reste. Demain, il sera peut-être épuisé.

Il avait aussitôt fait affaire. Le titre était alléchant et faisait allusion à une histoire qu'il connaissait bien : l'église de Saint-Pholien était située dans le quartier de son enfance, celui d'Outremeuse. On avait un jour retrouvé un jeune homme, membre de *La Caque*, le club de Simenon, pendu à son écharpe sous le portail. Cela s'était passé juste avant le départ de l'écrivain pour Paris. L'enquête avait établi que le jeune homme, un certain Kleine, s'était suicidé. Il était cocaïnomane et, la veille au soir, il s'était rendu à une réunion de *La Caque*, qui avait alors son local derrière Saint-Pholien, dans la rue du Pot-au-Noir. Le voyant sous l'empire à la fois de l'alcool et de la drogue, Simenon l'avait raccompagné chez lui et mis au lit. Et cela quelques heures seulement avant qu'on le retrouvât pendu devant l'église.

Bien des Liégeois s'étaient alors demandé comment une personne dans un état pareil avait pu réussir le tour de force consistant à se rendre par ses propres moyens jusqu'à l'église et à s'y pendre.

Bernard Wouters avait souvent pensé à ce Kleine en passant devant Saint-Pholien. Cette fin qui posait tant de questions était une énigme que seul le commissaire Maigret aurait pu résoudre, s'était-il dit.

Le livre à la main, il était rentré directement à la pension, avait décliné poliment mais fermement l'offre de civet que lui renouvelait la patronne, s'était enfermé dans sa chambre et jeté sur le roman de Simenon.

Il n'avait jamais été aussi passionné par la lecture d'aucun de ses livres. Le jeune commis avait raison : *Le Pendu de Saint-Pholien* était tout à fait à part.

Il s'était laissé absorber par le récit, avait pleinement apprécié la maîtrise avec laquelle était rendue l'atmosphère de la petite gare de chemin de fer de Neuschanz, respiré l'odeur de café, de bière et de limonade qui imprégnait la salle d'attente, suivi le commissaire Maigret jusqu'à Liège, avait vu ce dernier se fondre dans la brume avant de réapparaître au *Café de la Bourse*, où il avait pris un demi de blonde, puis enfiler le boulevard d'Avroy et gagner la Meuse.

Le commissaire allait-il enfin résoudre l'énigme du pendu ?

Plus Bernard Wouters avançait dans sa lecture, plus il avait du mal à écarter de lui un sentiment de malaise. Ce n'était pas là un Maigret ordinaire ! C'était une confession, l'aveu d'une faute. L'auteur annonçait clairement la couleur dès le premier chapitre et même dès le sous-titre : *Le Crime du commissaire Maigret.*

La fièvre de Bernard Wouters s'était accrue jusqu'à la

limite de l'insupportable en approchant de la fin du livre et de la réponse au mystère de la pendaison du «petit Klein».

Dans la version que donnait Simenon de ce drame, le «petit Klein» faisait partie du club de *L'Apocalypse*, dont les sept membres s'adonnaient au culte du diable et buvaient d'énormes quantités d'alcool en parlant de Nietzsche, de Marx, de Confucius et du Christ. Un soir, sous l'influence de l'alcool, Klein avait poignardé son camarade Willy Mortier, au terme d'une discussion enflammée roulant sur le droit de tuer. Quelqu'un s'était écrié: «Le génie est destructif!» Mais Mortier s'était refusé à mourir, et un autre membre du club avait été obligé de l'étrangler de ses propres mains.

Une fois Mortier étendu sans vie sur le sol, Klein avait voulu aller se dénoncer. Mais ses camarades l'en avaient empêché et l'avaient mis au lit. Ils avaient ensuite traîné le corps de Mortier jusqu'à la Meuse, dans les flots de laquelle ils l'avaient vu disparaître.

Dans la version de Simenon, Klein, incapable de supporter son sentiment de culpabilité, se pendait également, mais seulement quelques mois plus tard.

Bernard Wouters n'en avait pas dormi de la nuit. Il était sur la piste du secret de Simenon! Il avait trouvé la solution de l'énigme qui l'intriguait, comme tant d'autres lecteurs de l'écrivain, depuis une trentaine d'années: qu'est-ce qui avait poussé cet homme à s'interroger, au long de centaines de livres, sur la psychologie du meurtrier, à le défendre et à tenter de s'identifier à lui? Pourquoi s'était-il toujours plus intéressé à l'assassin qu'à sa victime? Pourquoi le coupable était-il si souvent le plus sympathique des personnages de ses romans?

La réponse à ces questions était tellement simple qu'il avait honte de ne pas l'avoir trouvée plus tôt: Simenon avait, lui aussi, été mêlé à un meurtre, celui que les membres enivrés de *La Gaque* avaient décidé de commettre sur la personne de Kleine après des heures de discussion. On n'avait pas emmené celui-ci se coucher : on l'avait aidé à se pendre. Voilà ce qui s'était passé au mois de mars 1921.

Peut-être même Simenon avait-il été le seul coupable de ce meurtre !

Quoi qu'il en fût, quelque chose de décisif s'était produit, dans la vie de cet homme, à l'âge de dix-huit ans. Il avait été mêlé à un meurtre.

Le lendemain, Bernard Wouters avait eu l'impression de marcher dans le brouillard. Tout ce qu'il se rappelait de cette journée, c'était qu'il était entré dans un certain nombre de bars de la rue Saint-Denis, avait bu une quantité appréciable de calvados et quelques demis de blonde, avalé des sandwichs au jambon et au fromage et feuilleté les journaux oubliés sur les sièges de ces bars. Il n'avait formé que de vagues projets pour la soirée. Il avait le sentiment que quelque chose allait se passer, que devait se produire quelque chose qui changerait sa vie, mais ce n'était pas une décision qu'il avait prise. Finalement, il avait opté pour un spectacle de cabaret annoncé dans l'un des journaux. Celui-ci avait lieu rue des Saules et coûtait cent francs, boisson comprise. Il pouvait s'offrir cela.

Mais il n'était jamais arrivé rue des Saules. Il avait à peine eu le temps de sortir dans la rue qu'elle avait planté ses griffes sur lui. Delphine.

ELLE AIMAIT BEAUCOUP SON PÈRE

Ce n'est pas de languir après Claire qui a tué Father Brown. Il a connu un sort plus dramatique. La fille qui entraînait l'écurie l'avait soumis, avant une course, à une mise en forme accélérée et, trop poussé, il avait succombé à une crise cardiaque. La propriétaire, vieille dame aisée qui, après son divorce, s'était lancée dans les chevaux sans rien y connaître, n'avait pas eu l'idée de le faire examiner au préalable par un vétérinaire. Pour elle, un cheval était un bel animal auquel elle pouvait rendre visite à l'écurie lorsqu'elle était en mal de compagnie, caresser le museau et donner un morceau de sucre ou une carotte. Si, par-dessus le marché, il participait à une course par-ci par-là, cela viendrait combler l'oisiveté de ses journées. Father Brown avait été idéal de ce point de vue. Il était bien bâti, gentil et affectueux. Elle n'avait jamais osé le monter elle-même, n'ayant pas appris étant jeune, et s'y mettre après quarante ans aurait été folie, la demoiselle que l'on avait préposée à l'entraînement en convenait.

Celle-ci se sortit de l'affaire avec une jambe cassée et la ferme détermination de ne plus jamais monter un cheval qui n'aurait pas été sérieusement ausculté. Quant à Claire, elle avait eu de la chance, lui dit-elle. Cela aurait aussi bien pu arriver lors d'une des randonnées, de plus en plus longues et fatigantes, qu'elle faisait avec l'animal cet automne-là. Et, étant donné son manque d'habitude à faire face à ce genre de situation, cela aurait pu très mal se terminer.

Claire a été inconsolable. Elle s'est enfermée dans sa chambre pour pleurer toutes les larmes de son corps. Elle est restée couchée la journée du samedi et la moitié de celle du dimanche, ne se levant que pour se rendre aux toilettes ou pour aller chercher un morceau de chocolat ou un Coca-Cola. Elle s'est mise en fureur quand j'ai essayé de lui faire manger un peu de fruits ou au moins croquer un morceau de pomme. Jamais plus elle ne pourrait avaler une pomme, m'a-t-elle dit, puisque Father Brown ne mangerait plus rien.

Ce qui rendait le chagrin de Claire si affreux, c'était sa conviction absolue que Father Brown avait été victime de cette crise cardiaque parce qu'elle l'avait abandonné.

– Je le savais ! s'était-elle écriée lorsque je l'avais appelée à la pension pour la préparer à la nouvelle. Je savais que sans moi il ne survivrait pas. Pourquoi est-ce que tu ne m'as pas permis de rester en ville ?

J'ai hésité un instant. Ne m'étais-je pas mal conduite envers elle ? N'aurais-je pas mieux fait, dans son intérêt, de renoncer à mes ambitions professionnelles, de m'occuper d'elle et de la mener à ses leçons d'équitation un soir sur deux ?

Non, ai-je finalement décidé. Ce ne pouvait être le bien d'un enfant d'avoir une mère qui est mécontente de son existence. Les mères pleines de rancœur, je savais ce que c'était. La mienne en avait été un exemple parfait et plusieurs camarades de classe de Claire, à Bruxelles, avaient vu leurs loisirs gâchés par une mère qui n'avait rien d'autre à faire que d'attendre le retour de leur fille de l'école pour avoir *enfin* quelqu'un à qui se plaindre.

En outre, comme je l'ai dit et répété à Claire pour le lui faire entrer dans la tête, l'autopsie de Father Brown avait décelé une malformation cardiaque congénitale. Celle qui était à blâmer, ce n'était donc pas elle mais la propriétaire du cheval. Ainsi que le personnel de l'écurie, qui aurait dû exiger l'attestation d'un vétérinaire avant d'accepter de le prendre à l'entraînement.

Claire a manqué l'école le lundi. Pour ma part, j'ai remis mon voyage à Amsterdam, où le trafic de la cocaïne était plus florissant que jamais, et j'ai appelé la directrice de l'internat pour lui signaler que Claire avait la grippe. Très astucieux, m'a dit ma fille.

– Ces idiotes de bonnes sœurs ne comprennent rien, elles n'ont pas la moindre affection pour les animaux. Elles croient qu'ils n'ont pas d'âme et qu'ils ne peuvent pas monter au ciel après la mort. Mais moi, je sais que si ! En tout cas Father Brown.

Nous sommes parties ensuite pour la campagne, dans la ferme ardennaise de Solwaster, où j'avais passé plusieurs étés pendant ma jeunesse. Là, je lui ai fait choisir un chat. Elle s'est décidée pour un chaton noir à plastron blanc qui s'est mis à ronronner sitôt dans ses bras.

– Mon petit Spinoza, a-t-elle dit, on va bien se plaire, toi et moi.

– Joli nom, ai-je dit. Où est-ce que tu as trouvé ça ? On dirait que tu as commencé à lire des ouvrages de philosophie.

– Pas moi, m'a-t-elle répondu, mais Marie-Jo. Elle a un livre sur les philosophes célèbres. Dedans, il y en a un qui s'appelle Spinoza. Et ce petit chat deviendra philosophe, lui aussi. Il a les dispositions nécessaires, tu vois bien.

En progressant dans la connaissance de Marie-Jo, j'ai eu l'impression d'être plus proche d'elle que de ma propre fille, peu à peu. Claire a la larme aussi facile que le rire et se met parfois violemment en colère. Elle est très spontanée et éprouve un besoin de tendresse qu'elle n'a pas honte de montrer. Le travail scolaire ne l'intéresse pas particulièrement et surtout pas les raisonnements à caractère théorique. Et puis… elle est très féminine. Maintenant qu'elle a seize ans, il est évident qu'elle possède un très fort pouvoir d'attraction sur l'autre sexe, mais elle n'en avait que treize lorsqu'elle s'en est aperçue pour la première fois.

Vincent était un des rares garçons de l'école d'équitation, où elle continuait à passer le plus clair de ses week-ends à Bruxelles malgré la mort de Father Brown. On lui avait dit qu'elle «pouvait se débrouiller» avec les autres chevaux et, au bout de quelques mois, elle avait un nouveau favori auquel elle s'était cependant gardée de donner un petit nom.

– Je risque de trop m'attacher à lui, m'a-t-elle confié. Il suffit que je l'appelle Max. C'est bref et ça n'engage à rien.

Sur le compte de Vincent, elle était très peu loquace. Il n'est d'ailleurs jamais venu chez nous, à la différence de ses camarades du sexe féminin. Pour aller ensemble au cinéma ou bien partager un sac de bonbons devant la télévision. Je ne me serais même pas doutée de son existence si le moniteur d'équitation n'avait pas croqué le morceau :

– Ils sont vraiment adorables à voir, tous les deux, Claire et Vincent Février !

Dans la voiture, au retour, je n'ai pas pu m'empêcher d'en parler.

– Alors, il paraît que tu es amoureuse, Claire ?

On aurait cru que j'approchais une allumette enflammée d'une page de journal. Claire s'est emportée violemment. Bien sûr que non, elle n'était pas amoureuse ! D'ailleurs, elle ne le serait jamais. Aucun danger qu'elle se comporte de façon aussi débile que moi ! Marie-Jo et elle étaient parfaitement d'accord. Jamais elles ne s'abaisseraient jusqu'à laisser un garçon les peloter. Alors qu'il y avait des chevaux !

– Et un chat comme Spinoza, ai-je ajouté.

Il ne fait guère de doute que Spinoza était le grand amour

de Claire, à l'époque. Son chagrin était de ne pouvoir l'emmener à l'internat mais sa joie n'en était que plus grande, le vendredi après-midi, quand elle revenait à Bruxelles et le trouvait sur son lit, où il s'était pelotonné. Je crois donc qu'elle avait raison. Ce n'était pas tant elle qui était amoureuse de Vincent que l'inverse. De temps en temps, je m'arrangeais pour avoir quelque chose à faire dans l'écurie ou la sellerie, poussée par une curiosité que je préférais qualifier de souci du bien de ma fille. Claire n'avait que treize ans mais Vincent, lui, en avait quinze et j'en savais assez long sur l'instinct sexuel des garçons de cet âge. Mais elle n'était pas facile, ma Claire ! De sa part, il ne pouvait être question de « mamours ».

Voilà comment il aurait fallu se conduire, me disais-je. Et comment il faudrait se comporter, à l'avenir.

Mais c'est de Marie-Jo que je voulais parler, en fait. Or, je m'aperçois que, chaque fois que je veux m'approcher d'elle, elle se dérobe. A moins que ce ne soit moi ? Peut-être est-ce la raison pour laquelle je tente d'esquiver la difficulté en ne cessant de parler de Claire.

Je me souviens de lui avoir demandé un jour pourquoi Marie-Jo était venue étudier dans cet internat. Sa mère n'était-elle pas femme au foyer et son père enseignant ? Il pouvait donc rentrer du collège en même temps qu'elle, ou à peu près, et lui apporter toute l'aide dont elle risquait d'avoir besoin dans son travail scolaire.

Ce besoin d'aide à la maison est le point faible de notre système scolaire. On dirait que nos autorités ont toujours dans l'idée que la population féminine de la Belgique est constituée de mères au foyer qui attendent que leurs enfants reviennent de l'école. Pourquoi, sinon, faire reposer une si grande part de la responsabilité de l'apprentissage des leçons et de la rédaction des devoirs sur les parents – c'est-à-dire, en dernière analyse, sur la mère? Car il est sous-entendu qu'il ne faut pas déranger le père. Ses journées de travail sont harassantes et, quand il rentre à la maison, vers huit heures, il a besoin de sa bière et de son dîner bien mijoté. Je crois que l'on tient là l'une des principales raisons pour lesquelles tant d'enfants belges sont envoyés en pension. Là, ils peuvent obtenir cette aide que leurs parents n'ont pas le temps de leur fournir – et dont, parfois, ils ne sont même pas capables.

– Je ne sais pas si j'ai le droit de te le dire, m'a répondu Claire. Je ne suis même pas sûre d'avoir bien compris. Il y a pas mal de choses que je ne comprends pas dans ce que dit Marie-Jo.

– Ses parents ont peut-être peur qu'elle n'ait de mauvaises fréquentations, à Bruxelles, ai-je hasardé.

– C'est sûr qu'ils sont aux petits soins pour elle, a dit Claire après y avoir réfléchi. Mais surtout son père, à vrai dire. C'est fou ce qu'il peut être angoissé.

– Elle est vraiment très douée, ai-je repris. Alors, il ne veut pas qu'elle passe son temps à traîner en ville et risquer qu'elle se mette dans la tête d'être caissière de supermarché ou serveuse dans un restaurant.

– Aucun risque. Je ne sais pas si tu es au courant, mais elle écrit un livre. Un vrai roman. Pour adultes.

– De quoi parle-t-il?

– C'est top secret. Elle va se cacher dans la bibliothèque pour travailler. Et elle s'est procuré un coffret qui ferme à clé. Dès qu'elle arrête de noircir du papier, elle y cache les pages. Elle dit que ce serait une catastrophe si les bonnes sœurs lisaient ce qu'elle pond.

– Je suppose qu'elle a hérité du talent de son père. Est-ce qu'il n'a pas écrit un roman, lui aussi? A moins que je ne me trompe?

– Il n'a jamais été édité. Et maintenant, Marie-Jo n'est

pas très sûre de ce qu'elle souhaite : que son livre à elle soit publié ou refusé.

– Pourquoi voudrait-elle qu'il soit refusé ?

– Parce qu'elle ne veut pas devenir écrivain, finalement. Elle dit que c'est très dur, d'écrire. Et inutile. Alors qu'il y a déjà tant de livres intéressants à lire. Ce qu'elle voudrait surtout, c'est avoir sa propre librairie, quand elle sera grande. Ou une boutique de bouquiniste.

– Personne ne peut l'en empêcher, non ? Elle fera ce qu'elle voudra, quand elle sera grande. Et, douée comme elle est, elle ne devrait pas avoir trop de mal à se procurer l'argent nécessaire.

– Mais elle ne sera jamais libraire. Son père serait trop triste. Et elle aime beaucoup son père. En fait, c'est stupéfiant qu'on puisse aimer autant un salaud pareil. Qui vous met en pension et tout, parce qu'il a peur qu'on voie des garçons. Alors que Marie-Jo ne s'intéresse absolument pas à eux. T'as vu comment elle s'habille ? Elle ne sait même pas ce que c'est que le rouge à lèvres.

A cette époque, les deux filles avaient quatorze ans et Claire avait commencé à changer d'avis concernant les garçons. Vincent avait eu le droit de l'accompagner au cinéma à plusieurs reprises et, pour son quatorzième anniversaire, elle avait donné une « boum » réunissant autant de garçons que de filles. Marie-Jo n'était pas venue. Lorsque son père avait appris qu'il n'y aurait pas *que* des filles, il l'avait « priée » de décliner l'invitation.

Peu à peu, je me mis dans la tête que je m'étais formé une image assez nette de Marie-Jo. J'avais composé un puzzle au moyen des observations auxquelles j'avais eu l'occasion de procéder et des réflexions que m'avait faites Claire. Ce qui m'avait le plus intriguée, c'était la relation qu'elle entretenait avec son père. Il était clair qu'elle était très liée à lui et désireuse de mériter son amour et son appréciation, mais il lui arrivait aussi de se mettre en colère contre lui. Elle trouvait, par exemple, qu'il était inutilement tatillon dans la correction des devoirs de ses élèves. Quel dommage qu'un écrivain aussi talentueux gâche sa vie à tenter d'améliorer le français d'un certain nombre de lycéens très peu doués. Passe encore qu'il ne puisse jamais être un Simenon mais, avec un peu de travail et d'obstination, il devrait pouvoir devenir un Bernard Wouters.

Tout cela était manifeste. Mais j'allais devoir attendre plusieurs années encore avant de trouver les dernières pièces du puzzle, les plus importantes.

Si je me suis tellement intéressée à Marie-Jo il y a deux ou trois ans, déjà, je crois que cela tient au fait que je me suis très largement reconnue en elle. Moi aussi, j'étais fascinée par la lecture, entre treize et seize ans. Jusqu'à ce que mon père se soit mis à connaître des difficultés financières, j'ai pu moi aussi me consacrer à ma passion avec sa bénédiction, du moment que je veillais à faire passer le travail scolaire en premier et que je ne négligeais pas la natation. Mais, comme je voulais à tout prix le satisfaire, cela ne me causait pas de difficultés. Tant que j'ai pu être dispensée d'aider ma mère à tenir la maison – contrairement à ma jeune sœur –, j'ai été contente de mon sort. Je crois que, comme Marie-Jo, j'espérais pouvoir amener mon père à comprendre, un jour, que je méritais son amour. J'étais tellement travailleuse et je réussissais si bien à l'école !

Le jour où il m'a confié la tâche de rédiger pour lui quelques lettres d'affaires, j'ai cru toucher au but. Il avait enfin compris quelle remarquable fille il avait et à quel point elle était digne de son amour ! Mais toute la reconnaissance qu'il m'a témoignée a été de me glisser une poignée de billets de cent francs dans la main.

– Tiens, voilà pour ta peine, m'a-t-il dit. De toute façon, cela me revient moins cher que les services d'une secrétaire professionnelle.

Son cabinet battait de l'aile et il n'avait plus les moyens de rémunérer une secrétaire à plein temps. Peu après, il a fait son premier infarctus, celui qui devait me contraindre à quitter le collège et à contribuer à l'entretien de la famille. J'avais seize ans.

IL AVAIT DÛ SE PASSER QUELQUE CHOSE

Assis sur le bord de son lit, à l'*Hôtel du Cygne*, en train de feuilleter l'édition de poche du *Pendu de Saint-Pholien*, l'homme qui voulait être Simenon luttait contre lui-même. Plus il buvait de tasses de café au lait, mieux il se souvenait de cette soirée qui remontait à vingt et un ans. Il se trouvait dans les mêmes parages, cette fois-là. L'œil de sa mémoire lui avait clairement montré, peu auparavant, l'immeuble de la rue Saint-Denis dans lequel était situé l'appartement de Delphine. C'était le plus petit de la rangée, avec ses trois étages, au milieu d'autres qui en avaient cinq ou six, eux aussi grisâtres. Il avait vu également la porte d'entrée, dont le bois brun était lézardé. Mais était-elle munie d'un heurtoir ? Sur ce point, ses souvenirs étaient flous. En effet, un heurtoir figurait dans *Le Pendu de Saint-Pholien*, qu'il avait également lu ce fameux soir avant de rencontrer Delphine. Il avait fini par trancher en faveur de la négative : la porte d'entrée de Delphine ne possédait sûrement pas de heurtoir. Il n'y avait pas besoin d'être Simenon pour comprendre cela. Ce genre de porte était fait pour être franchi discrètement.

– A la mode des cambrioleurs, au milieu de la nuit, marmonna Bernard Wouters.

Mais il n'avait rien dérobé ! Il avait au contraire apporté quelque chose : il avait fait cadeau à Delphine de son écoute, de sa compassion et même de son excitation. Il n'avait pas vraiment de quoi avoir honte.

A moins que… Il avait dû se passer quelque chose avant qu'il quittât l'appartement, quelque chose d'affreux. Sinon, pourquoi ce blanc concernant les dernières minutes passées en compagnie de Delphine ? Voilà pourquoi son roman était manqué. Il n'avait pas été capable de conclure sur une fin digne de ce nom l'histoire de sa rencontre avec Delphine. Le dénouement qu'il avait mis sur pied, à savoir que la prostituée et le client tombaient dans les bras l'un de l'autre, était une solution de fortune, et il lui venait la nausée chaque fois qu'il y pensait. Ce qui arrivait fréquemment.

N'aurait-il pas tué Delphine, en fait ? Et si ç'avait été son interprétation personnelle du *Pendu de Saint-Pholien* qui l'avait conduit à penser qu'il lui suffisait de commettre un meurtre à son tour pour avoir accès au monde de Simenon ? Était-ce ce qui avait empêché son roman de s'achever de façon sanglante ? Ne se serait-il pas protégé ainsi contre le danger de voir son livre démasquer le meurtrier en lui ?

Il était maintenant de retour sur ses propres traces, sans doute pas très loin de la rue Saint-Denis. Quelque chose en lui l'avait emporté sur sa volonté. Quelque chose l'avait poussé à revenir sur les lieux du crime.

Bernard Wouters sursauta à cette pensée. Les lieux du crime ? Était-ce de ce nom qu'au fil des ans son inconscient avait fini par baptiser la rue Saint-Denis, était-ce pour cette raison qu'il n'avait pu se forcer à y retourner ? Cela ne pouvait-il s'expliquer uniquement ou principalement par la crainte de s'entendre rappeler un épisode douloureux et humiliant de son passé ?

Mais non : il ne pouvait guère avoir commis un meurtre. Si ç'avait été le cas, la police serait venue l'arrêter.

L'homme qui voulait être Simenon et qui n'avait plus

désormais qu'un jour à vivre prit sa décision. Il allait se rendre de nouveau dans cette maison grisâtre, coûte que coûte. Il allait enfin chercher la réponse à la question qui l'avait agité, consciemment et inconsciemment, plus de vingt et un ans de sa vie : Delphine était-elle vivante ou l'avait-il tuée ?

Bernard Wouters se leva, s'habilla soigneusement de son costume sombre, d'une chemise blanche et de la cravate discrète que sa femme avait glissée dans sa valise en vue de ce séjour parisien, mit ses lunettes à verres teintés et sortit. Comment se serait comporté le commissaire Maigret ? Se serait-il lancé dans son enquête de but en blanc, en explorant la rue Saint-Denis porte après porte jusqu'au moment où il aurait retrouvé celle qui était de bois brun, lézardée, puis sonné ? Aurait-il au contraire entrepris un mouvement tournant ? C'était sans doute la seconde hypothèse qui était la bonne. Il aurait compris que les portes changent d'aspect, au fil des ans, et que celle de la maison dans laquelle il s'était rendu plus de vingt et un ans auparavant avait peut-être été réparée, voire peinte d'une couleur différente.

Ce qu'aurait fait Maigret, en pareille occasion, c'est qu'il aurait mis en œuvre sa fameuse méthode, qui consistait à poser des questions mine de rien. Il serait allé de bar en bar, aurait commandé un calvados ou simplement un demi de blonde et aurait ensuite cité, comme en passant, le nom de Delphine. Par chance, celui-ci n'était pas très commun. Il ne pouvait pas y avoir trente-six Delphine d'âge mûr, dans les parages de la rue Saint-Denis.

Cette méthode ne donna hélas aucun résultat dans le premier bar où il se rendit, pas plus que dans le second. Mais, dans le troisième, du nom de *La Lambada*, l'homme derrière le comptoir répondit :

– Delphine ? Vous avez de la chance, monsieur, elle vient

souvent ici prendre un verre, avant le repas. Si vous avez la patience d'attendre une ou deux heures, je vous garantis que vous allez la voir.

Bernard Wouters avait entamé sa tournée des bars par un calvados. Le commissaire Maigret ne changeait pas de boisson tant qu'il n'avait pas terminé une enquête. En plus, le calvados convenait mieux à Paris que la bière et n'avait pas les mêmes effets sur la vessie. S'il avait choisi la bière, il aurait risqué de manquer Delphine.

Curieusement, Bernard Wouters ne ressentit aucune excitation au moment décisif. Il se sentit plutôt mélancolique. Peut-être était-ce dû au fait qu'il supportait moins bien le calvados qu'il ne le croyait, mais le vrai motif résidait sans doute ailleurs. Au tréfonds de lui-même, il s'était vu sous les traits d'un meurtrier, d'un homme, de ce point de vue également, digne de Simenon. Ou *au moins* de ce point de vue. Mais, cette illusion aussi, il n'allait pas tarder à la perdre.

Il en était déjà à son troisième calvados à *La Lambada* lorsque le barman se tourna vers lui :

– Vous m'avez parlé d'une vieille connaissance que vous désirez revoir ?

– Parce que je suis de passage dans le secteur. Je ne viens pas très souvent à Paris.

– Ce n'est sans doute pas mes affaires, mais vous devriez peut-être avoir recours aux services de quelqu'un de plus jeune et de plus attirant ? Puisque vous êtes à Paris, pour une fois.

Bernard Wouters se leva de son siège d'un bond.

– Qu'est-ce que vous voulez dire ? Delphine ne peut pas avoir plus de quarante ans, à l'heure actuelle ?

– Nul n'échappe à la morsure du temps, plaisanta le barman.

– Je n'ai pas l'intention de discuter de mes goûts avec des inconnus.

– Je comprends, monsieur. Dans ce cas-là... Ne croyez pas que je veuille me mêler de ce qui ne me regarde pas, mais j'ai l'habitude que les gens me fassent des confidences. Et même des aveux, parfois.

Que voulait-il dire ? Bernard Wouters sentit des gouttes de sueur perler sur son front, signe certain qu'il était en train de perdre le contrôle de la situation.

– Qu'est-ce qui est arrivé à Delphine ?

– Oublions Delphine. Si je peux vous donner un conseil, étant donné que vous avez des goûts un peu particuliers, vous devriez vous adresser à Colette.

– Et qui c'est, cette Colette ?

– La putain respectueuse ! Ça se voit que vous n'êtes pas venu depuis un certain temps. Tout le monde connaît Colette, ici. Elle a plus de soixante-dix ans, mais elle a décidé de continuer à bosser jusqu'à quatre-vingts. Et, entre nous soit dit, elle connaît toutes les ficelles, je suis bien placé pour le savoir.

Bernard Wouters saisit ce fétu de paille, qui pouvait lui procurer un moment de répit.

– C'est-à-dire ?

– Vous voyez que ça vous intéresse ! Sado-maso, fessée ou fouet, par exemple. Mais je ne peux pas vous en dire plus. Colette, il faut en faire l'expérience par soi-même.

Bernard Wouters commanda un quatrième calvados et remonta sur le tabouret. La tête commençait à lui tourner mais, pour pouvoir poser la question qui ne voulait pas franchir ses lèvres, il lui fallait se fortifier encore un peu : « Peut-être que Delphine ne veut pas me rencontrer et que c'est pour ça que vous essayez de m'en empêcher ? »

A ce moment précis, la porte s'ouvrit. Une femme tenant en laisse un chien de berger franchit le seuil. Son visage était défiguré par une cicatrice de couleur rose qui barrait son visage du coin de l'œil à celui de la bouche.

– Salut, Patrick !

Le barman lui dit à mi-voix :

– La voilà, votre Delphine. Je n'ai pas besoin de vous recommander la plus grande prudence, n'est-ce pas ?

PÉCHÉS PAR OMISSION

Marie-Jo Wouters avait quatorze ans lorsqu'elle a rencontré Laurent Van Crugten. Cela s'est passé au cours de l'un des derniers week-ends du second trimestre, deux ans auparavant. Elle avait enfin arraché à son père l'autorisation de prendre des leçons d'équitation avec Claire, dans la banlieue de Bruxelles. Le médecin de famille ayant déclaré qu'il n'était pas bon pour sa santé de passer autant de temps sur ses livres, elle devait se donner plus d'exercice qu'elle n'avait l'occasion de le faire dans sa pension et, de préférence, en plein air. N'avait-elle pas quelque point d'intérêt qui pourrait servir de base à cela ?

Bernard avait hésité. Il connaissait la passion de sa fille pour les chevaux. A cette époque, elle passait pas mal de temps devant la télévision, quand elle revenait à la maison pour le week-end, mais elle ne s'intéressait qu'à un seul type d'émission : la retransmission des courses et des concours hippiques. Quand il lui avait suggéré de ne pas s'abîmer la vue « à regarder la télé du matin au soir », elle avait refusé d'éteindre le poste. Elle n'avait pas « cané », comme avait dit Claire.

Il avait réfléchi plusieurs jours avant de prendre contact avec moi, étant donné que j'avais pratiqué l'école d'équitation de Hoeilaart. Étais-je en mesure de la recommander ?

Et, « au cas où cela intéresserait Marie-Jo », pourrions-nous emmener les deux filles à tour de rôle ? En effet, ils n'avaient qu'une voiture, et un jour sur deux il la laissait à sa femme.

Je n'ai jamais vu Marie-Jo aussi heureuse que la première fois que je l'ai conduite à Hoeilaart. Elle était métamorphosée, elle riait et plaisantait et avait de la peine à se tenir tranquille sur son siège. J'avais demandé à Claire de se caser à l'arrière de ma Honda CRX, malgré sa taille, afin d'avoir Marie-Jo à côté de moi et de m'entretenir un peu avec elle de notre « connaissance » commune, Suzanne Lilar. Mais toutes mes tentatives se sont heurtées à un mur. Marie-Jo n'était pas dans des dispositions intellectuelles ce jour-là. Tout ce qui l'intéressait, c'était le cheval qu'elle allait monter.

On dit que la passion quasi maniaque des adolescentes pour l'équitation est due à ce qu'elles sont sexuellement stimulées par le fait de chevaucher. Je ne sais trop ce qu'il en est, puisque je n'ai aucune expérience en ce domaine et que ce n'est pas vraiment ce sur quoi on interroge sa fille ou la meilleure amie de celle-ci. Je vois d'ici la mine de Claire si je lui posais ce genre de question « débile ». Et pas seulement sa mine ! Elle me regarderait avec ce petit air malin dont elle seule est capable et m'accuserait d'avoir l'esprit mal tourné ou, pis encore, d'être frustrée sur le plan sexuel.

Mais peut-être ce goût a-t-il à voir avec la domination ? Avec le fait d'être la plus forte, enfin ?

Quoi qu'il en soit, c'est de ce jour-là qu'on peut dater la métamorphose de Marie-Jo. Alors que, jusque-là, elle avait plutôt eu l'air d'un garçon manqué, avec ses cheveux courts, elle s'est mise à les laisser pousser et ses formes se sont arrondies. Elle a ainsi eu l'allure de la plupart des jeunes filles de cet âge, soit entre quatorze et quinze ans. Les excès intervinrent par la suite ; si je me souviens bien, je ne les ai notés qu'environ six mois plus tard, une fois son roman accepté.

Mais je me laisse emporter. En fait, Marie-Jo n'était pas comme la plupart des filles. Elle était en train de devenir une beauté. Elle avait de grands yeux bruns encadrés par des cils noirs très denses, des pommettes hautes et un nez bien dessiné. Ce qui surprenait Claire ne m'étonnait pas, moi. Mais, quand on voit quelqu'un quotidiennement, on ne remarque pas aussi aisément les changements qui interviennent en lui.

Bref, lorsque Claire est venue m'annoncer que Marie-Jo est tombée amoureuse, et «pas qu'un peu», ma réaction a été: «Il fallait que ça arrive. Avec son genre de beauté, les garçons doivent se bousculer. Et ce Laurent était forcément du nombre.»

Mais non! Comme d'habitude, j'avais tout faux depuis le début. Comment Marie-Jo pourrait-elle traîner une telle masse de prétendants derrière elle? Claire, avec un grand soupir, m'a remise sur la bonne piste:

– C'est ou toi ou M. Wouters qui l'emmenez à ses cours d'équitation. Là-bas, elle monte, elle panse son cheval et change sa litière comme si sa vie en dépendait. Et puis, vous allez la rechercher, l'un ou l'autre. Et tu sais comment c'est, chez eux. Je voudrais voir la tête de son père, s'il découvrait tout un tas de garçons devant la maison! Il ne tarderait pas à sortir sa carabine!

– Ah bon, ai-je dit. Qu'est-ce qui s'est passé, alors?

– Je ne sais pas, moi. On était en train de parler sur le pas de la porte, Marie-Jo et moi. C'était ton tour de nous emmener à l'équitation. Mais tu étais en retard, alors on s'est dit que le mieux était de sortir dans la rue pour t'attendre. C'est alors que Jean-Paul est passé. Il avait oublié que j'avais une leçon d'équitation et pensait m'emmener au cinéma. En tout cas, il avait un copain avec lui: Laurent. Tu t'en souviens sûrement, si tu réfléchis. On était sur le trottoir tous les quatre, je crois même que tu as demandé qui était l'autre garçon.

Comment Marie-Jo a-t-elle pu réussir la prouesse d'être « avec » Laurent une bonne partie de l'été, c'est plus que je ne saurais dire. Peut-être sortait-elle en cachette, le soir, une fois que ses parents étaient au lit – je crois qu'ils sont plutôt du genre couche-tôt ? Ce que je sais de source sûre, c'est que Laurent l'avait accompagnée au stage d'équitation, dans un château proche de Paris, que Marie-Jo avait fini par obtenir de ses parents, le médecin aidant.

– Quelques semaines loin de ses livres de classe lui feront du bien, avait dit celui-ci. La prochaine année scolaire risque d'être encore plus dure. Pour qu'elle puisse conserver d'aussi bonnes notes, il est nécessaire qu'elle ait un peu de détente.

C'est certainement ce stage qui a inspiré des soupçons à Bernard Wouters. Peut-être l'un des moniteurs a-t-il eu la langue trop bien pendue, à moins que ce ne fût la directrice en personne, une aristocrate un peu collet monté. Quoi qu'il en soit, Claire n'a pas été la seule à quitter l'institut Notre-Dame pour l'Athénée royal d'Uccle, à la rentrée. Marie-Jo l'accompagnait. A ce que j'ai compris, ses parents avaient été obligés de réviser leurs idées de fond en comble. Ce n'était pas à Bruxelles que Marie-Jo était le plus exposée à toutes sortes de périls, c'était lorsqu'elle était loin de chez elle. Et si une personne aussi avisée que cette directrice était incapable de mettre leur fille à l'abri, comment des bonnes sœurs aussi inexpérimentées y parviendraient-elles ?

– Qu'est-ce qui va se passer ? ai-je demandé à Claire. Tu crois qu'elle va renoncer à Laurent ?

– Décidément, tu ne comprends rien ! Dire qu'on peut être journaliste et bête à ce point-là ! C'est incroyable ! a dit Claire en partant d'un grand éclat de rire sarcastique. Bien sûr, qu'elle ne va pas cesser de voir son grand amour ! Marie-Jo est tout sauf bête. Elle est plus maligne que nous deux réunies, cette fille. Quand on veut voir quelqu'un, il y a toujours moyen. C'est ce qu'elle dit, en tout cas. Il suffit de penser à Roméo et Juliette, d'après elle.

– Tiens donc ! Et où se voient-ils, si je peux poser la question ?

– Tu peux toujours la poser. Mais je ne suis pas forcée de te répondre. Qui sait si tu n'espionnes pas pour le compte de son père ?

Je me rends compte qu'il faut que je fasse un effort de mémoire pour me souvenir de la première fois que j'ai vu Laurent. Je ne fais d'ailleurs pas spécialement allusion à la toute première fois, la rencontre passagère qui eut lieu le jour où j'étais en retard et où les quatre jeunes m'attendaient sur le trottoir de la maison – j'étais beaucoup trop pressée pour enregistrer un nouveau visage, je venais de m'arracher à un comité de rédaction et je m'en serais voulu si Claire et Marie-Jo avaient par ma faute manqué leur leçon.

Non, la fois à laquelle je pense a dû se situer plus d'un an après, lors du gala annuel de l'école d'équitation. Il avait plu au cours de la nuit et j'étais là, les pieds dans la boue, coincée entre Bernard Wouters et Jean-Paul. Nous avions réussi à nous procurer de bonnes places et pouvions suivre le concours de saut sans difficulté. Je me suis soudain aperçue que quelqu'un était venu se glisser entre Jean-Paul et moi en jouant des coudes. C'était un jeune homme brun, assez carré. Sans ce petit orteil écrasé, que j'avais très sensible avant même qu'il l'eût consciencieusement piétiné, je n'aurais pas eu la même réaction.

– Excusez-moi, monsieur, lui dis-je en le regardant droit dans les yeux, je crois que j'ai eu le malheur de placer mon pied sous le vôtre.

Il est vrai que j'ai une légère tendance à mettre les gens en boîte. D'après Claire, c'est dû au fait que je « n'ai pas de mec » – qu'est-ce qu'elle en sait, d'ailleurs ? – mais, pour ma part, je suis convaincue que ce sont ces années de journalisme qui m'ont marquée. La plupart de mes reportages tournaient autour d'affaires criminelles et cela demande en général d'avoir le cœur bien accroché. Bref, il m'est venu un besoin impérieux de remettre ce jeune homme à sa place.

Mais Jean-Paul s'est interposé et s'est efforcé de faire passer l'incident en plaisantant.

– C'est mon copain Laurent, a-t-il dit, ou plutôt murmuré, conscient que Bernard Wouters était à portée d'oreille. Il s'emmêle toujours les pédales. Même avec ses pieds, et surtout quand il est pressé, comme en ce moment. Il est tellement pressé qu'il n'a même pas le temps de dire bonjour, madame De Decker.

– Je comprends... Dans ces conditions, filez, tous les deux.

Je me demande encore ce que Laurent Van Crugten a ressenti, cette fois-là. Ce ne devait pas être très agréable d'être expédié de la sorte. Mais qu'est-ce que Jean-Paul pouvait faire d'autre ? Pour Marie-Jo, une confrontation entre Laurent et son père aurait sonné le glas de sa relation : ils avaient jusque-là été soigneusement tenus à l'écart l'un de l'autre, et la fille avait endormi le père dans la croyance illusoire qu'il contrôlait parfaitement tous ses faits et gestes. Il faut dire aussi que Laurent s'exposait, en venant assister à ce gala. Quelqu'un ayant moins de présence d'esprit que Jean-Paul aurait pu lâcher un mot de trop. Elle avait beau faire, nous n'étions pas les seuls, Claire, Jean-Paul et moi, à savoir que Marie-Jo et Laurent se voyaient en cachette : Claire et Jean-Paul avaient de nombreux copains, de même que Laurent sans doute, et Marie-Jo se refusait naturellement à exiger le silence du personnel de l'école d'équitation. Elle n'avait pas l'intention de renouveler l'erreur qu'elle avait commise lors de son stage.

En relisant ce que je viens d'écrire à propos de ma première rencontre véritable avec Laurent Van Crugten, je me rends compte qu'il fallait le voir pour le croire. De l'extérieur, on aura du mal à admettre qu'un père puisse disposer d'un pareil ascendant sur une adolescente de plus de quinze ans et, par-dessus le marché, tellement mûre qu'elle va bientôt faire ses débuts de romancière. Je peux seulement répondre à cela que je me suis contentée de relater l'événement tel qu'il s'est déroulé; ma version des relations entre Marie-Jo et son père devait, en fin de compte, se révéler fort proche de la vérité. Pour le moment, elle n'était certes encore basée que sur des observations assez superficielles, je ne connaissais très bien ni l'un ni l'autre et, en fait, uniquement à travers Claire et Frédérique. Pourtant, les conclusions que j'en avais tirées n'étaient pas erronées. S'il y a quelque chose qu'on puisse me reprocher, c'est au contraire de ne pas avoir été assez observatrice.

Quelqu'un a dit que ce qu'on regrette sur son lit de mort, ce n'est pas tant ce qu'on a fait que ce qu'on n'a pas fait. Autrement dit: ses péchés par omission et non ceux par transgression.

Je garde, avec Laurent Van Crugten, le souvenir très précis d'un jeune homme de dix-sept ans doté de la volonté très affirmée de conquérir le monde. Je me rappelle également quel regard il a lancé à Bernard Wouters avant de se hâter de gagner la sortie: faute de meilleur mot, je le qualifierais de haineux.

J'avais déjà vu ce genre de regard. Mais, sur le moment, j'étais incapable de me souvenir où.

SES APPELS A L'AIDE NE SERVIRENT A RIEN

Bernard Wouters n'hésita pas une seconde. C'était bien Delphine, la Delphine à laquelle il avait pensé et dont il avait rêvé pendant plus de vingt et un ans. Naturellement, elle avait vieilli, et même beaucoup plus qu'il ne l'avait pensé. C'était la faute de cette cicatrice rose qui zébrait son visage jadis si vif et tendait sa peau au point que sa bouche charnue était figée en une sorte de grimace d'amertume. Mais ses yeux étaient intacts, nul dément n'eût été capable d'en gâter le vert intense, et de simples touches de gris marquetaient ses cheveux d'un brun lumineux.

Sa première idée fut d'aller vers elle, de lui parler et la prier de s'asseoir à côté de lui. Mais quelque chose le retenait. Une sorte de peur, le sentiment qu'il aurait dû prendre au sérieux l'avertissement du barman. Que lui avait dit celui-ci ? D'être prudent, extrêmement prudent.

Un bon moment, il fut en proie à deux impulsions contradictoires. D'une part, il éprouvait le besoin impérieux de se faire connaître, d'autre part il ressentait une frayeur tout aussi impérieuse de déchiffrer cette image qui ne cessait de surgir puis de disparaître dans son cerveau. Celle d'un couteau sur une peau. De sang sur ses mains. Ne ferait-il pas mieux de quitter *La Lambada* et d'oublier Delphine ? Maintenant qu'il savait qu'elle était encore vivante.

– Je ne crois pas que ce soit ce qu'il faut que tu fasses, murmura une voix à son oreille.

Bernard Wouters se retourna. Personne. C'était donc... Il n'y avait pas d'autre explication. C'était forcément Simenon qui avait chuchoté ainsi.

– Expliquez-vous, répondit-il.

– Réfléchis. Est-ce que tu crois que j'aurais hésité une seconde ? Que je me serais rangé à l'avis d'un barman, avant d'arrêter mon choix sur une femme ? Ou que je me serais soucié d'une cicatrice ? La vie est pleine de cicatrices, tu devrais le savoir, à ton âge. La seule chose qui compte, pour nous les hommes, c'est de culbuter la femme. Quelle qu'elle soit. Notre désir vise la femme, la femelle, derrière le masque qu'elle porte. Comment parvenir au chiffre de dix mille, sans cela ? Tu crois vraiment que j'aurais hésité à baiser Delphine ?

– Mais... et si c'était moi qui l'avais défigurée ? objecta Bernard Wouters.

– Éventuellement, très hypothétiquement, reprit Simenon, toujours à voix basse. Mettons ! Est-ce que cela ne devrait pas t'en exciter davantage encore ? Cette Delphine est la version la plus proche de la femelle qu'une femme puisse incarner. Elle a livré de durs combats. Elle est mieux placée que quiconque pour savoir ce que c'est qu'un vrai mec.

L'homme qui avait environ un jour à vivre voyait maintenant les femmes de Simenon devant lui. Elles défilaient en rangs serrés, les femelles décrites dans ses romans. Il y avait Betty, il y avait l'Adèle de *La Danseuse du Gai-Moulin*, l'Andrée de *La Chambre bleue*... Et soudain il sut, au bout de toutes ces années il sut enfin exactement ce qu'avait pensé et ressenti Simenon, pourquoi il avait réagi comme il l'avait fait. Il n'avait rien d'extraordinaire, ce type. C'était un homme comme les autres, un mec qui avait les besoins de tous les mecs – et non un dieu, comme il lui était arrivé de l'imaginer.

Ce qui avait fait de lui un être à part, c'était qu'il avait eu le courage de ses besoins, parfaitement normaux, eux. Voilà par où il était grand. Il avait osé laisser se manifester en lui l'homme primitif, l'homme «nu», celui qui réclamait deux ou trois femmes par jour. Qu'elles fussent jeunes ou vieilles, belles ou laides, vierges ou usées jusqu'à la corde n'avait pas la moindre importance. Celui qui ne demandait à ses héros qu'une seule chose: aller «jusqu'au bout d'eux-mêmes», selon la formule que, du premier au dernier, il leur mettait dans la bouche. Il suffisait de penser au pendu de Saint-Pholien. Dès l'âge de dix-neuf ans, à Liège, Simenon avait osé ce à quoi les autres membres de *La Caque* s'étaient refusés. Il avait mis en pratique les conclusions auxquelles eux étaient parvenus par le raisonnement. Il ne s'était pas contenté de philosopher sur l'esthétique du meurtre, il était passé aux actes. Il était «allé jusqu'au bout de lui-même».

L'ennui, en ce qui me concerne, aussi bien que tant de membres de ma génération, continua à se dire Bernard Wouters, c'est que nous n'osons pas nous voir tels que nous sommes réellement, que nous nous obstinons toute notre vie à nous entourer de barrières.

Il s'avança vers Delphine, assise à une table qui devait être habituellement la sienne, à une certaine distance du bar. Et alors, à haute et intelligible voix, et bien décidée par-dessus le marché, pour que Patrick comprît qu'il n'avait pas froid aux yeux, il lança:

– Toi, là, je te veux. On y va?

Si étrange que cela paraisse, Delphine se leva aussitôt, jeta au barman une pièce de dix francs et un regard en coin que Bernard Wouters n'hésita pas à qualifier intérieurement de triomphant et le prit par le bras.

Pas plus difficile que cela. Et elle ne l'avait même pas reconnu!

Mais ce n'était pas si sûr. Pourquoi, sinon, lui avoir lâché le bras sitôt dans la rue et s'être appliquée à ce point à bien faire marcher le chien entre eux deux ? Et pourquoi, quand ils avaient longé l'église, avoir absolument voulu y entrer, s'agenouiller un instant devant la Madone et y brûler un cierge ?

Mais aucune des phrases toutes faites qu'elle prononça ne révéla qu'elle hésitait à le laisser satisfaire ses désirs. Au contraire ; lorsque en sortant de l'église il s'arrêta pour regarder de plus près le portail, qui rappelait fort celui de Saint-Pholien, elle se tourna vers lui et lui demanda avec vivacité :

– Alors, t'as changé d'avis ?

– Je ne changerai plus jamais d'avis.

C'était vrai. Maintenant. Bernard Wouters avait trop souvent changé d'avis, dans son existence. Simenon, lui, ne regrettait jamais rien. Il était fier. Fier de ses livres, fier de ses femmes, fier de son meurtre. Si seulement il avait pu en parler à cœur ouvert et non pas être obligé de le déguiser dans ses romans ! Dans *Le Pendu de Saint-Pholien*, certes, mais aussi, sept ans après, dans *Les Trois Crimes de mes amis*. Il avait vraiment voulu faire comprendre à ses lecteurs de quoi il était capable. Non, Simenon n'avait même pas regretté le meurtre qu'il avait commis, il l'avait au contraire affiché et s'en était vanté.

Comme il l'avait fait en se targuant de ses dix mille femmes.

– Tu veux quoi au juste ? demanda Delphine en tirant sur la laisse du chien. On va pas rester plantés là à regarder le portail de cette église !

Cette impatience rappela quelque chose à Bernard Wouters. Un bar. Un bar américain. Une femme en train de danser avec un homme. Elle est de plus en plus impatiente. Elle veut s'en aller, être enfin baisée par cet homme. Mais il a autre chose en tête, lui. Il veut être lavé. Lavé par la salissure. Il veut descendre dans l'égout, cet égout qu'est la femme, pour s'y laver de ses péchés. Il n'y tient plus. Il étrangle la femme, il «va jusqu'au bout de lui-même».

Le roman *La Mort de Belle*. Une fois de plus, Simenon y avait dépeint l'homme nu. Une fois de plus, il avait montré ce qui le motivait.

C'était ce besoin irrésistible, se dit Bernard Wouters en continuant à remonter la rue Saint-Denis, toujours avec le chien entre Delphine et lui. C'était ce besoin irrésistible qui faisait de Simenon un grand écrivain. Le besoin de se répéter, de se laver.

Ils étaient maintenant devant la porte que Bernard Wouters voyait mentalement quelques heures auparavant. Il avait raison! Elle était bel et bien brune, le bois en était fendu et elle n'avait pas de heurtoir. Il n'avait pas à se plaindre de sa mémoire. Plus de vingt et un ans s'étaient écoulés et il se souvenait d'une porte bien précise dans une rue de Paris où il n'avait pas remis les pieds depuis. Il aurait aimé voir Simenon en faire autant!

Mais ensuite il ne fut plus aussi sûr de lui. La chambre dans laquelle Delphine l'emmena ne lui rappelait vraiment rien. Dans son souvenir, elle était meublée très simplement: un lit de fer peint en blanc, un canapé et une table basse, d'une essence de bois blond assez commune; un tapis aux tons pastel était posé sur le sol. Cette chambre-ci était celle d'une autre femme. Les couleurs étaient foncées, allant du bordeaux au violet en passant par le brun, et le lit était en acajou sombre. Devant les fenêtres, nues vingt et un ans auparavant derrière leurs persiennes aux tons clairs, étaient maintenant tendus de lourds rideaux de velours lie-de-vin. C'était sûrement de là qu'émanait cette forte odeur de poussière.

Bernard Wouters eut l'impression qu'il allait vomir. Comment culbuter une femme, quand on est enveloppé d'une odeur aussi affreuse? S'il y avait quelque chose qui l'indisposait, c'était la poussière. Sur ce point au moins, Frédérique avait pu faire quelque chose pour lui. Elle était d'une propreté méticuleuse, cette femme. Dès qu'il lui avait signalé qu'il était allergique à la poussière, elle s'était mise à faire le ménage. Et cela n'avait pas arrêté depuis. Il ne s'écoulait pas un jour sans qu'elle passe partout dans la maison armée d'un chiffon humide.

Il fut pris d'une violente quinte de toux et se plia en deux, ce qui ne mit pas pour autant un terme à sa crise.

– Maintenant j'en suis sûre, dit Delphine. C'est toi qui…

C'était lui qui… Dans la tête de Bernard Wouters, les souvenirs commencèrent à défiler de plus en plus rapidement. Il était d'abord confortablement allongé sur le dos, dans le lit blanc en fer, à prêter une oreille attentive au récit que déroulait Delphine de son triste sort puis, avec l'air de penser à autre chose, elle entreprenait de toucher à sa braguette, de baisser la fermeture Éclair et de lui prendre entre les doigts un sexe qui avait commencé à se raidir dans le slip. Voilà qu'aussitôt il saisissait la couverture de laine pliée au bout du lit et s'en entourait le corps.

Puis, de façon tout à fait inattendue : la quinte de toux. La couverture était pleine de poussière. Cette fille, qui veillait tant à ce que tout fût propre et clair autour d'elle n'avait pas eu l'idée de la secouer. Il s'était laissé abuser par les beaux coussins de soie sur le canapé et par le léger couvre-pieds de coton sur le lit.

Ses souvenirs se firent de plus en plus nets.

Il avait été pris de fureur, une fureur aveugle, plus aveugle encore que celle à laquelle aucun des personnages de Simenon ne s'était jamais laissé aller. Il avait saisi le couteau à fruits posé innocemment sur la table basse, à côté du compotier de pommes et de poires, et frappé Delphine. En dirigeant le coup vers son beau et lisse visage de jeune fille.

– Oui, dit Delphine. C'est toi qui m'as fait cette marque.

Tout se passa alors très vite. Sans que Bernard Wouters comprît comment, le chien fut sur lui et posa ses pattes sur sa cage thoracique, tirant une langue qui lui sortait d'une gueule dégoulinant de bave.

– Donne-moi ma chance, dit-il. Laisse-moi t'expliquer.

– Ce que j'ai pu être stupide ! répondit Delphine.

– Si seulement ce chien voulait…

– Il n'obéit qu'à moi, le Loup.

Le Loup ? C'était le nom de ce chien ? C'était donc pour cela que Delphine avait refusé avec tellement d'obstination de répondre à la question qu'il lui avait posée à ce propos.

– Je suis navré, marmonna Bernard Wouters. Sois gentille, Delphine. Pardonne-moi, si tu peux. Je ne savais pas ce que je faisais.

Ce qui se passa ensuite était totalement absurde et ne ressemblait en rien à ce que Bernard Wouters avait lu dans les livres de Simenon. Le chien planta ses crocs dans la jambe de son pantalon. Delphine ouvrit la porte donnant sur le palier et le chien fit dévaler l'escalier à Bernard Wouters. Ses appels à l'aide ne servirent à rien. La dernière chose qu'il vit avant que Delphine déverrouillât la porte de l'immeuble, ce furent deux têtes grises qui se penchaient par-dessus la rampe, deux têtes à la bouche édentée et qui riaient bien. Qui riaient de lui, Bernard Wouters.

Jamais il ne s'était senti aussi « nu » qu'en cette soirée du début de janvier, rue Saint-Denis.

UN ENFANT NÉGLIGÉ ET MALTRAITÉ

Peu à peu, j'en ai appris beaucoup plus long sur le compte de Laurent Van Crugten. J'ose affirmer que pendant de brèves périodes il m'a intéressée au plus haut point. Un certain jour, j'ai eu l'occasion de corriger l'une des impressions qu'il avait produites sur moi lors de notre bref affrontement durant le concours hippique de Hoeilaart. Je vois que j'avais noté qu'il possédait « une volonté très marquée de conquérir le monde ». L'observation, trop superficielle, devait beaucoup plus à une représentation des jeunes en général qu'à une fréquentation plus intime de Laurent, qui était un garçon hypersensible, un enfant blessé.

Au cours de nos conversations, il m'est arrivé de penser aux deux jeunes Anglais, Robert Thompson et Jon Venables, qui avaient assassiné le petit James Bulger, âgé de deux ans, à Liverpool, en 1993. On m'avait envoyée couvrir le procès de Preston, et cela a été l'un des reportages les plus pénibles de ma carrière de chroniqueur judiciaire. J'avais devant moi deux enfants de dix ans attendant d'être jugés pour meurtre par un tribunal qu'avaient institué des adultes. Mais ils ne remplissaient pas les critères que remplit l'adulte qui doit répondre de ses actes. Ils n'avaient aucune possibilité de se défendre et se contentaient d'être là les yeux dans le vague à écouter des interrogatoires enregistrés. A quoi pensaient-ils, quand ils suçaient leur pouce, se le mettaient dans l'oreille en se retournant ou se regardaient mutuellement en riant ? Comme si ce rire pouvait abolir la peur. Savaient-ils, quand ils avaient agi, que la mort est irrémédiable ? Et ce que c'est qu'une peine de prison à perpétuité ?

Ils avaient dix ans et avaient déjà passé neuf mois en prison. Ils ne bénéficiaient d'aucun soutien de la part de leurs parents. Le seul qui soit venu assister au procès était le père de Jon. Celui de Robert, qui a sept fils, ne s'est pas montré. Quant à celui de Jon, s'il était physiquement présent, il n'a pas regardé une seule fois son enfant. Il détournait les yeux de lui. L'avait-il même jamais vu ?

La colère bouillait en moi, au cours des semaines qu'a duré le procès. La nuit, je rêvais d'enfants qui se noyaient ou périssaient dans des incendies. Le pire était que je ne pouvais rien faire. Paralysée, je les voyais de la berge dériver au fil d'une eau torrentueuse et aller se fracasser contre les rochers. Ou bien ils criaient à l'aide dans un bâtiment en flammes et j'assistais, impuissante, à l'écroulement, à deux pas de moi, de l'édifice.

Les parents de Robert et de Jon éprouvaient-ils quelque chose d'analogue ? Je ne sais. Je ne le crois pas. En tout cas pas la mère de Jon, dont on nous a passé longuement les interrogatoires enregistrés. Lorsque son fils, en larmes, a nié devant elle avoir emmené le petit James Bulger sur Bottle Strand, le lieu du crime, arguant qu'il n'aurait jamais osé le faire car « alors tu aurais… », elle a complété la phrase par ces mots : « En effet. Je t'aurais étranglé. »

Ma conviction s'est affermie à mesure que se déroulaient ces simulacres d'audiences, comme on a osé les appeler. C'étaient les parents qui auraient dû être sur le banc des accusés. Et les parents de ces parents. Jon et Robert n'étaient que des victimes. Leurs parents les avaient laissés aller se fracasser contre les rochers ou se consumer lentement sans lever le petit doigt.

Laurent n'avait certes jamais tué d'enfant, mais il partageait avec ces deux petits Anglais d'avoir été un fils négligé et maltraité. Ses parents travaillaient tous deux hors du foyer. Dès l'âge de trois ans, il restait seul à la maison. Les grands-parents paternels et maternels travaillaient à temps plein, eux aussi, et la crèche était « une de ces inventions modernes » doublée d' « une dépense inutile ». Si les parents s'étaient tirés d'affaire sans crèche, le fils pouvait le faire aussi. Laurent m'a raconté qu'il restait souvent recroquevillé sur le canapé, devant la fenêtre, à attendre leur retour du travail. Mais, s'il choisissait cet endroit, ce n'était pas pour les guetter, car son père était souvent ivre et sa mère épuisée par son emploi de femme de ménage dans une usine. C'était parce qu'il y faisait plus clair que dans le reste de l'appartement. En effet, il y avait un réverbère juste devant la fenêtre.

– S'il n'y avait pas eu ce réverbère, je ne sais pas comment j'aurais supporté l'obscurité de ces longs après-midi d'hiver. Je m'imaginais que les gens qui passaient dans la rue étaient gentils. Que, soudain, l'un d'entre eux allait lever les yeux, me voir à la fenêtre et se dire : « Il faut que j'aille donner un bonbon à ce petit garçon ! » Beaucoup revenaient de leurs courses au supermarché, et j'étais sûr qu'ils avaient acheté des confiseries. Ils avaient des têtes de gens à confiseries. Tout le contraire de mes parents, qui disaient toujours que les bonbons étaient mauvais pour les enfants. Les bonbons coupaient l'appétit. Mais cela ne pouvait guère me faire de mal, à moi qui en avais si peu, d'appétit. La nourriture que me servait maman consistait en général en plats tout préparés qu'elle avait achetés rapidement avant de rentrer et se contentait de faire réchauffer.

Non, Laurent n'attendait pas vraiment le retour de ses

parents au sens où l'on entend communément l'expression. Mais il était content lorsque sa mère revenait en compagnie de son père, voire avant lui. Car cela signifiait qu'il n'allait pas recevoir de punition plus grave qu'une gifle, au plus, ce soir-là. Lorsque sa mère était là, son père – qui n'était jamais que son beau-père – n'osait pas aller plus loin. En revanche, les soirs où elle revenait après lui étaient « un enfer », d'après les propres termes de Laurent. Mais il n'a pas voulu en dire plus à Marc, le psychiatre qui s'est occupé de lui avant moi, alors que j'étais encore à Paris.

Laurent n'avait *pas* été abusé sexuellement par son beau-père, comme je l'avais cru tout d'abord. En effet, cet homme était dans la police. Or il y avait eu en Belgique quelques procès retentissants à l'encontre de policiers ayant abusé de jeunes garçons.

Les mauvais traitements auxquels Laurent avait été exposé dans son enfance, s'ils étaient plus sophistiqués, n'en étaient pas moins cruels pour autant. Les soirs où le père rentrait avant la mère, il le soumettait à de longs interrogatoires : il obligeait cet enfant de trois ou quatre ans à raconter ce qu'il avait fait au cours de la journée. Où il s'était assis, avec quoi il avait joué, ce qu'il avait mis dans la bouche, ce qu'il avait vu par la fenêtre, s'il avait dormi, de quoi il avait rêvé, ce qu'il avait pensé… Si l'enfant se contredisait ou avait des trous de mémoire, il était corrigé. Mais toujours de telle sorte que sa mère ne s'aperçût de rien en lui donnant son bain, le soir. Le beau-père lui tordait le bras en arrière jusqu'à le faire hurler de douleur, lui tapait sur la tête ou lui enfonçait une aiguille dans la nuque à l'endroit le plus sensible.

Si Laurent et Marie-Jo se sont rencontrés, je crois que cela ne tient pas seulement à une attirance d'ordre physique, ai-je pensé lorsque Marc et moi avons entamé nos entretiens à propos de Laurent Van Crugten. Ils se sont reconnus mutuellement. J'ai aussi compris la raison pour laquelle Laurent avait regardé Bernard Wouters de façon aussi haineuse lors du gala de Hoeilaart. Marie-Jo n'avait peut-être pas eu besoin d'entrer dans les détails. Laurent avait l'ouïe fine, à sa manière, un peu comme mon Marc. Ce qui avait dû être vraiment difficile pour lui, c'était de ne pouvoir la protéger, de ne même pas pouvoir être près d'elle.

ELLE AVAIT COMMIS L'IMPARDONNABLE

Il lui fallait reprendre des forces. Il n'avait rien absorbé d'autre, depuis le début de la journée, que quelques croissants, une foule de tasses de café au lait et plusieurs calvados. Pas étonnant qu'il n'eût pas été de taille à affronter Delphine et son chien de berger. Qu'était-il arrivé aux femmes françaises depuis sa dernière visite à Paris ? Pourquoi les chiens étaient-ils soudain si importants pour elles ? D'abord le chauffeur de taxi et son labrador, puis Delphine et son « Loup ». Telles que Bernard Wouters se souvenait des Parisiennes, elles étaient belles, agréables, sûres d'elles-mêmes, de commerce facile et soucieuses que les hommes se plaisent en leur compagnie. Delphine elle-même s'était montrée pleine d'attentions envers lui, tout en étant très préoccupée d'elle. Elle avait sûrement voulu lui témoigner sa reconnaissance pour l'avoir écoutée. Pour ne pas parler des danseuses de french cancan qu'il avait vues auparavant au *Moulin-Rouge*. Elles lui avaient vraiment redonné goût à la vie. On pouvait seulement regretter que la plupart d'entre elles aient paru avoir plus de vingt ans. Si elles avaient été un peu plus jeunes et vigoureuses, il aurait certainement éprouvé des sensations un peu plus vives dans le bas de son corps en les voyant relever leurs jupes.

Ou encore Tigy, la femme de Simenon. Il n'avait certes

pas eu le plaisir de la rencontrer personnellement, mais il avait lu tout ce qui lui était tombé sous la main concernant ses rapports avec son mari. C'était *A la conquête de Tigy*, ce recueil de lettres de l'auteur à sa jeune bien-aimée et bientôt épouse, qui lui avait fait comprendre quelle chance extraordinaire Simenon avait eue de la rencontrer. Elle possédait toutes les vertus qu'un futur écrivain peut souhaiter de la compagne de sa vie. A commencer par celle qui consistait à avoir attendu pour avoir un enfant que son Jojo fût assez mûr. Elle avait même retardé ce moment jusqu'à la dernière minute, puisque leur fils était né alors qu'elle avait trente-neuf ans.

Tigy n'était certes pas parisienne, mais belge. Pourtant, elle possédait les avantages de la Parisienne, cela apparaissait bien à la lecture des lettres que son mari lui avait envoyées. Sinon, il ne l'aurait certainement pas emmenée à Paris et ne l'aurait pas soumise à une concurrence effrénée – qu'elle soutint avec brio ! Qu'aurait été Simenon sans Tigy ?

Mais elle ne lui avait pas donné de fille. Il avait dû attendre bon nombre d'années, jusqu'à l'âge de cinquante ans, somme toute. Sur ce point, Bernard Wouters avait battu le brave Simenon dans les grandes largeurs. Il avait trente-quatre ans lorsque sa propre Marie-Jo était née.

Bernard Wouters n'était pas sans éprouver un certain sentiment de triomphe, assis au restaurant *Au Petit Pot Saint-Denis* en train de décider s'il allait oser s'attaquer à ces petites saucisses appétissantes que dégustait son voisin de table ou commander une bouillabaisse. Le choix n'était pas facile à opérer. Il n'avait pas mangé d'andouillettes depuis qu'il avait été mis à la porte du foyer de son enfance, à l'âge de seize ans. A Paris, il avait en général préféré la bouillabaisse.

Qu'aurait choisi Simenon ? Il était certain que c'était la bouillabaisse. Combien de fois son idole n'avait-elle pas décrit l'ambiance des bistrots du port, à Marseille et sur la côte atlantique ? Simenon avait sûrement consommé des milliers de bouillabaisses au cours de son existence.

Pauvre Simenon ! Comme si souvent lorsque Bernard Wouters pensait à la fille que le célèbre écrivain avait fini par avoir, son sentiment de triomphe cédait rapidement la place à une intense compassion. Si belle et si malheureuse ! Et si peu douée ! La fille de l'un des hommes les plus doués au monde n'avait que très peu bénéficié de ces dons. Elle avait échoué dans tout ce qu'elle avait entrepris : le métier d'actrice, la danse, la poésie, la guitare. Sa vie elle-même n'avait été qu'un long échec. Le fait que son père l'aimait plus que toute autre femme au monde ne lui avait servi à rien.

Avait-il donc tellement bien fait, personnellement, de donner à sa propre fille le nom de cette suicidée ?

Mais il était impossible de nier que ce fût un beau nom, le plus beau qu'il connût. Et la personne qui avait gâché la vie de Marie-Jo Simenon, ce n'était pas son père, mais sa mère. Sans Denyse, sa vie aurait pris un tout autre tour. Elle avait eu la malchance d'avoir une mère alcoolique et névrosée. Cela n'avait heureusement pas été le cas de sa Marie-Jo à lui. On pouvait dire ce qu'on voulait de Frédérique, mais pas qu'elle était une mauvaise mère. De même que lui, elle voulait tout faire pour leur Marie-Jo, la protéger de toute forme de mal, lui ouvrir tout l'éventail de ses chances. Quelle importance, dans ces conditions, si Frédérique avait été laide, ennuyeuse et fort peu intellectuelle ?

Bernard Wouters ingurgita une large rasade de calvados avant d'essuyer une larme au coin de son œil. Non, pas de ça ! Il ne fallait pas se laisser aller à la sensiblerie. Simenon s'en gardait bien, lui.

Il appela la serveuse. Il avait pris sa décision. Ce serait une bouillabaisse à la rouille. Et, pour l'accompagner, il allait se payer une bouteille de bon vin. Un pouilly fumé. C'était un breuvage viril, à la légère odeur d'algue et au goût légèrement râpeux qui faisait se contracter la langue.

Et pourquoi pas un autre calvados, en attendant que la bouillabaisse fût prête ? La serveuse lui avait dit que le chef demandait de trente à quarante-cinq minutes. Plutôt quarante-cinq, d'ailleurs – question de qualité.

– Vous désirez peut-être des huîtres, pour commencer ? avait-elle ajouté, tentatrice. Elles iraient très bien avec votre pouilly fumé aussi.

Mais Bernard Wouters n'avait jamais aimé les huîtres. Il se contenterait de siroter son calvados en patientant.

– Ou bien une tranche de foie gras ?

Bernard Wouters jeta un coup d'œil sur le menu. Le foie gras coûtait une somme astronomique. Mais Marie-Jo ne lui avait-elle pas dit qu'il ne fallait pas regarder à la dépense ? Sa chère petite Marie-Jo. N'empêche, du foie gras ! Il ne pouvait charger sa conscience à ce point. Manger du foie gras, à Paris, pendant qu'elle en était réduite aux frites, à Bruxelles !

– Je pense que vous devriez absolument en prendre !

Bernard Wouters leva les yeux de son menu. La voix qui prononçait ces mots n'était pas celle de la serveuse. Mais il la connaissait. Il ne la connaissait même que trop bien.

– Vous ne me priez pas de m'asseoir, monsieur Wouters ? demanda Madeleine Defosset avec un sourire.

Bernard Wouters en vint à regretter sa bouillabaisse et les quarante-cinq minutes de délai qu'elle exigeait.

– Reconnaissez que vous avez été surpris !

Sans attendre sa réponse, Madeleine Defosset tira la chaise placée en face de Bernard Wouters, s'assit et sortit une gauloise.

– Je crois que nous sommes ici pour les mêmes raisons. Mais, avant de parler de cela, il faut manger. Quelque chose de vraiment bon. Ça creuse, d'arpenter la rue Saint-Denis. Je vais vous tenir compagnie pour le foie gras. Je me demande seulement ce que nous devons prendre comme plat principal.

Son bavardage jouait littéralement des coudes, dans ce petit restaurant, au point que la serveuse, par un pur réflexe, recula de deux pas et que les clients des tables voisines se mirent à faire du bruit avec leurs couverts.

– Voyons un peu. Une côtelette d'agneau. Avec des pommes mousseline et des petits pois. Et de la sauce à la menthe, naturellement.

– J'ai déjà commandé, en ce qui me concerne.

Bernard Wouters sursauta en entendant sa propre voix et en se rendant compte à quel point elle était faible. Anodine.

– C'est facile d'y remédier, n'est-ce pas, mademoiselle ?

La serveuse, jeune fille aux yeux papillonnants, hocha la tête.

– Bien entendu, madame. La côtelette d'agneau est plus rapide à préparer que la bouillabaisse. Je vais avertir le chef immédiatement.

Comment me sortir de ce pétrin, voyons ? se demanda Bernard Wouters, dont le pouls s'accéléra soudain. Cela lui arrivait assez souvent, désormais, quand il se fâchait. Il aurait dû aller consulter un médecin sur ce point depuis longtemps. Simenon souffrait lui aussi d'insuffisance cardiaque, mais il avait au moins eu le bon sens d'aller voir un spécialiste. Il avait pris des médicaments, avait été rassuré et était même devenu ami avec son cardiologue. Alors que lui… Il ne put empêcher sa main de se porter en direction de son cœur.

– Vous ne vous sentez pas bien ?

Madeleine Defosset se pencha vers lui, par-dessus la table, et planta son regard dans le sien.

– Ce n'est rien. Rien du tout. Un peu de surmenage,

seulement. Comme vous l'avez dit vous-même, ce n'est pas de tout repos d'être touriste à Paris.

– Ce n'est pas vraiment ce que j'ai dit, je crois.

C'est sa voix, se dit-il. Elle pique comme des aiguilles, c'est cela que je ne supporte pas. Comment pourrais-je la faire taire ? Comment pourrais-je m'y prendre pour manger mon repas en paix ? Que ce soit de la bouillabaisse ou une côtelette d'agneau.

– Je vais vous raconter quelque chose, dit-il sans la regarder, pour gagner du temps, alors qu'il n'avait aucune idée de ce qu'il allait lui dire, qu'il n'avait rien à lui apprendre, qu'il ne voulait rien lui révéler et désirait seulement ne pas avoir à entendre sa voix.

– A propos de Marie-Jo ? demanda-t-elle. Parfait, parlons de Marie-Jo. Et de son merveilleux livre.

Elle était complètement folle, cette bonne femme. Ne l'aurait-elle suivi jusque-là que dans le seul but de continuer à noircir Marie-Jo ? Avait-elle l'intention de gâcher de nouveau son repas par son irrationnel désir de vengeance ? L'article qu'il avait rédigé sur son *Clair de lune de décembre* avait dû l'affecter plus qu'il ne l'aurait cru. Elle, la grande Madeleine Defosset !

A moins que… Une idée vint à l'esprit de Bernard Wouters, tandis qu'il était assis en face de Madeleine Defosset au restaurant *Au Petit Pot Saint-Denis* en train de se gaver de foie gras. Il lui avait suffi d'y goûter pour se rendre compte à quel point il avait faim et combien il était important pour lui de manger s'il voulait vraiment soutenir la lutte avec sa commensale. En particulier du fait qu'on lui avait maintenant apporté son deuxième calvados et qu'il n'avait pas l'intention d'y renoncer.

N'aurait-il pas, après tout, été influencé, de façon plus ou moins consciente, par le contenu du roman de cette femme ?

Celui-ci tournait en effet autour d'un repas pris au restaurant *Le Cygne*, l'un des établissements les plus célèbres de la Grand-Place, à l'occasion de la visite de Bernard Pivot dans la capitale belge. Le Tout-Bruxelles littéraire était invité, mais il n'avait pu trouver de personnage qui le représentât, lui. Si, par bonheur, un salutaire instinct de conservation lui avait permis de réfréner l'envie qui lui était venue de parler de « mafia culturelle pourrie », la déception d'avoir été « oublié » n'avait-elle pas pesé sur l'idée qu'il s'était faite du livre ? Il lui était déjà arrivé de se laisser guider par des considérations étrangères au sujet dans son activité de critique. Et il n'était pas le seul. L'un des critiques bruxellois les plus écoutés n'avait-il pas, au cours du repas de Noël de son journal, reconnu, la boisson aidant, que, s'il avait qualifié un recueil de poèmes de « carton de corn-flakes », c'était pour avoir été dérangé dans son petit déjeuner par ses enfants, un peu trop friands de ce genre de céréales ?

– Cela n'a rien que de très humain, avait-il dit à son collègue pour le consoler.

Mais était-ce bien vrai ? N'était-il pas très inhumain, au contraire, de se laisser dominer par ses phobies ? C'était parfaitement bestial, oui.

Pourtant, Bernard Wouters se considérait comme un critique très consciencieux. Avant de s'attaquer à *Clair de lune de décembre*, il avait lu certains des livres précédents de Madeleine Defosset. Il considérait ce pensum comme l'un des maudits devoirs de tout critique. D'après ses souvenirs, ils n'étaient pas mauvais. Ils contenaient même, çà et là, un passage qui tranchait sur l'ensemble, possédait une certaine flamme et s'incrustait dans la mémoire. Il n'y en avait certes pas beaucoup, mais ils témoignaient incontestablement d'un certain talent.

– Tiens, voilà nos côtelettes !

Bernard Wouters sursauta. La voix-coup d'épingle de Madeleine Defosset l'avait rappelé à la réalité, une réalité où *Clair de lune de décembre* était un roman abominable et où son auteur le torturait par sa présence à la fois vulgaire et importune. Ne s'était-elle pas teint les cheveux – en plus du reste ? Car ce rouge tomate ne pouvait pas être naturel ! Il voyait clairement que les racines étaient gris pâle. Et, en plus, ses ongles, qu'elle avait recouverts d'un vernis de la même couleur rouge, étaient noirs de crasse.

– Les côtelettes d'agneau sont forcément à votre goût, dit Madeleine Defosset, brandissant sous le nez de Bernard Wouters un morceau de viande découpé par les soins d'une main à la taille démesurée. Ça sent bon, n'est-ce pas ? Ceux qui prétendent que les côtelettes ont un goût de paletot de laine ne savent pas ce qu'ils disent. Ce n'est pas pour rien que la viande d'agneau est devenue une métaphore pour désigner… vous le savez mieux que moi, monsieur Wouters, vous êtes critique professionnel et donc passé maître dans l'art de choisir vos mots. N'est-ce pas justement d'agneau que vous parliez dans votre article ? *Clair de lune de décembre* est un roman que tout lecteur aimant la viande d'agneau doit s'abstenir de lire. C'est bien ce que vous avez écrit, n'est-ce pas ?

Comment se tirer de là ? Au dernier moment, Bernard Wouters parvint à retenir sa main et à l'empêcher de tenter de calmer un cœur qui s'emballait. Il devait pouvoir se défendre ! Au risque de commettre un esclandre et de gâcher la moitié d'un nouveau repas. Respire profondément, Bernard Wouters, se dit-il. Pense à Marie-Jo, pense à Simenon, pense à… C'est ça : qu'aurait fait Simenon dans une situation analogue ? Une chose était sûre : il ne se serait pas laissé marcher sur les pieds par un écrivain de troisième catégorie.

– Madame Defosset… commença-t-il, impressionné de

constater à quel point sa voix était ferme et paisible, madame Defosset, si vraiment je me suis exprimé comme vous le prétendez, je faisais naturellement allusion au steak d'agneau servi lors du dîner, par ailleurs gastronomique, au restaurant *Le Cygne*. Et, en ce qui concerne les autres plats, vous auriez pu vous mettre un peu plus en frais de sensualisme. Sur ce point, vous pourriez apprendre pas mal de choses…

Il s'interrompit. Il s'en était fallu de peu qu'il n'ajoute : « du grand Simenon ». Mais, quoi qu'il fît, quoi qu'il dît, il ne devait pas citer ce nom. Il ne lui fallait sous aucun prétexte livrer son idole en pâture à ce dragon, à ce vampire, à cette voix qui avait tout de la piqûre d'aiguille.

– … de votre petite Marie-Jo. N'est-ce pas, monsieur Wouters, c'est bien ce que vous insinuez ? Que j'ai pas mal de choses à apprendre de cette enfant prodige. Ou encore de vous. Plus je me penche sur la question, plus je suis encline à croire que cette invraisemblable histoire de petite pute de la rue Saint-Denis est le reflet d'une expérience personnelle. Mais pas de Marie-Jo. Sur ce point, je me trompais. De quelqu'un qui aime la viande d'agneau. C'est-à-dire vous.

Bernard Wouters regarda par la fenêtre. Il s'était mis à neiger. De gros flocons tombaient dans le crépuscule de janvier et s'abattaient sur la rue boueuse avant d'être absorbés par un torchon, au bord du trottoir. Comment quelqu'un avait-il pu avoir l'idée farfelue de jeter un torchon dans la rue ? C'était un véritable cauchemar.

Ne se trouvait-il pas dans un rêve ? Il lui était déjà arrivé d'en avoir qui étaient tellement concrets, qui donnaient tellement l'impression du vécu que, une fois réveillé, il n'avait pu accepter la réalité. Comme tout récemment encore, la nuit avant de partir pour Paris. Il lui avait fallu plusieurs minutes pour comprendre qu'il se trouvait dans sa chambre habituelle de l'avenue des Statuaires, à Bruxelles, et non dans une autre, sise dans le Connecticut, où il venait de découvrir le cadavre d'une jeune fille. Elle gisait nue, ou presque, à même le sol. Seul son visage était dissimulé par un châle bigarré. Le contraste entre les différentes teintes de ce châle et le blanc de son corps était si fort qu'il en avait eu la nausée. A moins que ce ne fût à cause du sang coulant goutte à goutte entre ses jambes ?

Cette jeune fille était jeune, et même très jeune, de l'âge de Marie-Jo, sûrement pas plus. Il n'était pas parvenu à établir quel rapport il entretenait avec elle. Si seulement je pouvais voir son visage, avait-il pensé dans son rêve, je le saurais. Mais, pour seule certitude à laquelle s'accrocher, il savait que ce n'était pas lui l'assassin. Il s'était seulement trouvé par hasard dans la chambre de cette jeune fille.

Mais est-ce que ?... Ne l'aurait-il pas violée, en fait ?

Il s'était réveillé avec d'affreux battements de cœur et il lui avait fallu un bon moment avant de redevenir lui-même, avant de comprendre que ce qu'il avait rêvé était un passage du roman de Simenon *La Mort de Belle*. Il lui arrivait de plus en plus souvent de rêver qu'il était le personnage d'un roman de l'écrivain ou d'un drame dans lequel il était impliqué. Une fois, il s'était vu derrière les verrous, dans un cachot humide, et c'était un gardien du nom de Simenon qui était venu le libérer.

Ce n'était qu'au prix d'un effort de toute sa volonté qu'il était parvenu à s'affranchir de ce rêve. Il était plus réel que la réalité, avec ses couleurs vives, les senteurs séduisantes du parfum de la jeune fille et du sang qui coulait lentement entre ses jambes. Lui qui serait incapable de violer une femme ! Lui, ce professeur de lycée d'âge mûr et très rangé du nom de Bernard Wouters, ce père de famille ayant un sens aigu de ses responsabilités, qui ne s'intéressait pas le moins du monde aux organes sexuels des jeunes filles.

A la différence de Simenon, encore une fois. Après s'être un peu calmé, il avait réussi à faire sienne cette pensée, restée tapie dans son inconscient depuis la première fois qu'il avait lu *La Mort de Belle*. Ce livre, Simenon l'avait écrit pour se soulager de l'une de ses obsessions : le viol d'une jeune fille innocente.

Qu'avait-il lu, déjà, dans une biographie de Simenon, celle de Pierre Assouline ? Eh bien, que l'écrivain était doté d'une sexualité primitive, que l'idée qu'il se faisait de l'amour physique était celle d'un coït durant deux minutes, qu'il était dépourvu de tout sens de l'intimité, de l'affection et du romantisme et qu'il était obsédé par le thème de l'inceste. En plus du fait qu'il utilisait sans cesse sa propre existence comme matière première de ses livres.

Bernard Wouters détourna le regard. Il ne devait pas rester assis à fixer la neige qui tombait. Elle l'hypnotisait. Voilà pourquoi il s'était soudain imaginé qu'il rêvait. Mais ceci n'était pas un rêve. Madeleine Defosset était bel et bien assise en face de lui, au restaurant *Au Petit Pot Saint-Denis*, en train de découper sa côtelette d'agneau. Elle n'arrêtait pas de donner des coups de couteau et le sang coulait des entailles qu'elle pratiquait dans la viande. Elle avait demandé leurs côtelettes saignantes, par-dessus le marché.

Jamais encore, Bernard Wouters n'avait ressenti ce qu'il éprouvait en ce moment. Ce dont il s'était rendu coupable dans la chambre de Delphine, vingt et un ans auparavant, était quelque chose de différent. Pour la première fois au cours de cinquante et un ans d'existence, Bernard Wouters éprouva l'envie de tuer. Il se sentait capable d'assassiner Madeleine Defosset. Celle-ci avait transgressé une limite, avait commis l'impardonnable. Et de quel droit ? Elle n'était pas le seul prétendu écrivain auquel il eût consacré un article certes négatif, mais entièrement juste. Il était connu pour être incorruptible et elle ne devait pas l'ignorer, si elle lisait *Le Soir*.

Il n'y avait qu'une seule explication à cela : Madeleine Defosset était véritablement folle, folle à lier.

Bernard Wouters fut très surpris d'entendre sa propre voix.

– Vous n'avez aucun sens de la décence, madame Defosset, dit-il avec un calme parfait en plantant son regard dans le sien. Et je dois vous prier de quitter les lieux.

L'incroyable se produisit alors : Madeleine Defosset cessa de massacrer cette pauvre côtelette d'agneau, posa son couvert sur les restes, prit le manteau de vison qu'elle avait posé sur le dossier de sa chaise, en renversant celle-ci dans sa précipitation, et se dirigea d'un pas mal assuré vers la sortie. Elle était tellement pressée qu'elle alla buter dans le porte-parapluies posé près de la sortie.

Les derniers mots que Bernard Wouters l'entendit prononcer furent pourtant d'une netteté parfaite. Ils étaient même d'une clarté étonnante, si l'on pensait à tous les calvados qu'elle avait eu le temps d'ingurgiter en attendant sa côtelette d'agneau.

– Je vous ai laissé votre chance, siffla-t-elle. Mais vous le regretterez, espèce de scribouillard !

Bernard Wouters ne sut jamais ce qu'elle voulait dire par là.

LE MAL EXISTE

S'il n'y avait pas eu Marc, j'aurais eu beaucoup plus de mal à comprendre ce qui arrivait à Bernard Wouters.

Comme je l'ai déjà laissé entendre, Marc est psychiatre. Je l'ai rencontré un peu plus d'un mois avant l'assassinat de Bernard. Je venais d'obtenir le feu vert pour une interview d'Agnès Pandy, la fille du pasteur hongrois accusé d'avoir tué entre treize et vingt personnes, pour la plupart des membres de sa famille, à Molenbeek, près de Bruxelles, en 1989. Ce fut l'un des reportages les plus pénibles qu'il m'eût été donné de faire, peut-être le plus difficile. Agnès n'avait pas seulement dénoncé son père, elle avait aussi avoué l'avoir assisté lors de ces meurtres et en avoir perpétré certains personnellement. Elle avait, entre autres, assassiné sa propre mère, la deuxième femme de son père, le fils de celle-ci et une demi-sœur. Si son père et elle n'ont pas été condamnés à ce jour, c'est dû au fait qu'on n'a pas encore retrouvé les corps. Ce n'est qu'au mois de novembre de l'année passée qu'une équipe de chercheurs de l'Université libre de Louvain a pu, grâce à un don d'une personne récemment décédée, prouver que le bain d'acide qu'Agnès déclarait avoir utilisé possède la particularité de dissoudre totalement les chairs en l'espace de vingt-quatre heures. Les dents elles-mêmes disparaissent.

Ce n'est pas le lieu de raconter en détail l'interview de cette bibliothécaire de trente-neuf ans. Qu'il suffise de dire que je n'aurais pas été capable de poser mes questions si Marc ne m'était venu en aide. J'étais en train de quitter la cellule capitonnée dans laquelle Agnès était enfermée lorsqu'il est passé par hasard. Son travail consiste avant tout à garder le contact avec les psychopathes incarcérés.

Marc avait vu que je pleurais. Il n'a rien dit, s'est contenté de me prendre par les épaules et de me faire sortir de la cellule. Un peu plus loin dans le couloir, il y avait une cafétéria. Nous allâmes nous y asseoir devant une tasse de café en fumant une cigarette. Ni l'un ni l'autre nous n'avons soufflé mot pendant un bon moment ; Marc a attendu que j'aie bu mon café et me sois calmée au moyen d'une seconde cigarette.

– Le mal existe, madame De Decker, a-t-il dit alors.

Il avait une voix agréable et profonde, du genre de celles qui font vibrer certaines cordes en moi.

– Vous voulez dire qu'Agnès est possédée par le mal ? Est-ce aussi simple que cela ?

– Agnès est victime, a répondu Marc lentement, comme s'il pesait chacun de ses mots. A mes yeux – mais c'est bien entendu une opinion purement subjective –, elle est victime de son père.

– Du diable, vous voulez dire ?

– Appelons-le ainsi, ce sera plus facile et me permettra de me sentir moins impuissant. Car personne ne peut rien pour lui. Agnès, au contraire, je désire lui venir en aide.

– Elle ne répond pas quand on lui parle.

– Elle a peur.

– Je ne comprends pas. C'est bien elle qui est allée à la police, non ? Qui a avoué qu'elle avait effectué seule cinq de ces meurtres. Ce n'est pas vraiment la conduite de quelqu'un qui a peur.

– On ne l'a pas crue. Il a fallu neuf ans pour que ce qu'on appelle la justice lui rende justice, si j'ose dire. Pendant neuf ans, elle a été jugée paranoïaque et affabulatrice, traitée comme une furie vengeresse, une fille sans cœur et je ne sais quoi.

– Elle estime donc que je veux lui extorquer la vérité ? Moi aussi.

– Voici ce que vous allez faire. Retournez auprès d'elle, regardez-la dans les yeux et dites-lui : je te crois. Rien d'autre. Vous verrez qu'il se produira un miracle, madame De Decker.

Marc avait raison. Cette fois, ce sont les yeux d'Agnès qui se sont remplis de larmes. Puis elle s'est mise à parler. Je n'avais plus qu'à oublier mes questions préparées à l'avance. Elles n'étaient pas seulement inutiles, mais superficielles, trop mécaniques. Elle m'a raconté sa fixation à son père, son amour infantile pour lui, la jalousie qu'elle nourrissait envers sa mère et sa belle-mère. Et enfin qu'elle avait voulu tout faire pour que son père l'aime.

– Comment un être peut-il s'attacher un enfant aussi fortement que l'a fait le pasteur Pandy ? ai-je demandé à Marc quand nous nous sommes revus quelques jours plus tard dans un petit restaurant de Jezus-Eik, dans la banlieue de Bruxelles. Ne me dites pas que c'est le fait du mal. Pour moi, ça ne suffit pas.

– Non, dit Marc. Ça ne suffit pas.

Je crois que c'est à cet instant que je suis tombée amoureuse de Marc. De sa personnalité, comme je l'étais déjà de sa voix, de son calme, de son léger parfum de tabac et de quelque chose que je ne saurais définir autrement que comme une odeur virile très spécifique. Et voilà que je tombais maintenant amoureuse de sa façon de venir vers moi au lieu de s'en tenir obstinément à son point de vue. Je n'ai pas pu m'empêcher de comparer avec André, le père de Claire, l'homme qui est mon amour malheureux depuis bien trop longtemps. J'ai posé la main sur le bras de Marc.

– Expliquez-moi…

La laine râpeuse de sa manche de tweed m'a fourni la résistance dont j'avais besoin pour ne pas continuer, pour faire en sorte que ma main s'arrête dans son mouvement au lieu de se laisser aller à caresser.

– Je ne sais pas ce que c'est que le mal, a-t-il dit. Pas plus que la bonté, l'amour ou la haine. Peut-être cela n'est-il que des étiquettes que nous plaçons sur des phénomènes que nous n'avons pas encore appris à comprendre. Sur une énergie qui se manifeste différemment en fonction des êtres humains. Peut-être celle du pasteur Pandy est-elle tellement forte qu'elle déborde du côté de ce qui peut passer pour de l'amour, de ce qu'un enfant dépourvu d'expérience ne peut interpréter autrement que comme étant de l'amour. Un peu comme les partisans d'Hitler ont réagi, peut-être, quand il les associait à ses crimes.

– Vous voulez dire qu'Agnès aurait agi par amour ?

– Ce n'est qu'une hypothèse. Mais j'aimerais la vérifier.

Nous avons parlé longuement, ce soir-là, Marc et moi. J'aime repenser aux repas que j'ai pris en agréable compagnie, recréer les odeurs, les goûts, les harmonies. De ce dîner à Jezus-Eik, je ne me rappelle pas un seul plat. Mais je me souviens de notre conversation comme si elle datait d'hier. Et, en disant cela, je ne veux pas seulement évoquer ce que Marc m'a fait découvrir de nouveau sur le plan intellectuel. Je pense surtout à l'équilibre qui s'est établi entre nous. Marc ne m'a pas inspiré un sentiment passager d'infériorité, comme il aurait été naturel, étant donné que nous étions la plupart du temps sur son terrain. J'ai eu au contraire l'impression qu'il me respectait. Mon expérience de journaliste avait autant de poids que la sienne en tant que psychiatre. Cela n'arrive pas si souvent.

Une objection que je me souviens d'avoir émise est que je ne crois pas que le mal à l'état pur existe. Et, en disant cela, je pensais surtout au procès de ces deux garçons de dix ans, à Preston.

Où passe la limite, m'étais-je demandé en écoutant l'enregistrement des interrogatoires, entre l'irréflexion et la violence ? Quand l'une se transforme-t-elle en l'autre ? Quand les idées saugrenues de Robert et de Jon ont-elles cessé d'être des niches et se sont-elles muées en désir de faire souffrir le petit James ? Et à quel point le besoin de se venger des injustices subies s'est-il situé ? Quand ont-ils compris ce qui allait se passer ? Quand l'enchaînement des mauvais traitements à enfant a-t-il débuté ? Comment ? Est-ce les parents de ces deux garçons qui l'ont déclenché ou leurs propres parents, à eux ? Quel rôle l'héritage social et le manque de soutien de la société à ces familles ont-ils joué ? Ne pouvait-on s'interroger, aussi, sur l'existence de plaies génétiques ou de traumatismes lors de l'accouchement ?

– Je ne peux accepter l'idée que ces deux garçons soient mauvais, qu'ils soient l'incarnation du mal, ai-je dit à Marc pour résumer mes idées. Qu'ils soient des victimes, cela ne fait aucun doute, mais de qui ? Et que savons-nous du passé du pasteur Pandy ? Ne serait-il pas victime, lui aussi ?

– Ce qui rend difficile de voir en lui une victime, c'est qu'il soit pasteur, a répondu Marc. Il était mieux placé que quiconque pour savoir, pour craindre Dieu, comme on dit.

– Vous croyez que le diable l'a choisi pour être son instrument dans sa lutte contre Dieu ?

– C'est une idée intéressante. C'est très stimulant de parler avec vous, madame De Decker.

Ce n'était que la première de nos conversations. Dès notre

rencontre suivante, nous avons cessé de nous donner du monsieur Ghijsels et du madame De Decker pour passer à Marc et Suzanne. Et nous n'avons pas fait que parler. Nous avons mangé aussi. Et nous n'avons pas tardé à nous retrouver profondément, inexorablement amoureux.

Comme je l'ai déjà dit, Marc m'a beaucoup aidée lorsque, par la suite, j'ai tenté de résoudre l'énigme du meurtre de Bernard Wouters. C'est également lui qui m'a fourni la clé du problème qui m'occupait depuis longtemps et qu'avaient fait resurgir mes efforts pour identifier l'assassin du malheureux :

Comment un père ou une mère peuvent-ils vouloir – et réussir à – s'attacher un enfant au point que cela fait son malheur ? Nous avions déjà effleuré ce sujet avec le cas du pasteur Pandy et de sa fille. Quand le corps de Bernard Wouters a été retrouvé, il est apparu que Marc était également fasciné par Simenon. En fait, il avait rédigé un article sur les rapports que celui-ci entretenait avec sa fille. Il était parti des *Mémoires intimes* de l'écrivain et du codicille intitulé le *Livre de Marie-Jo*. Comme le savent tous ceux qui s'intéressent à Simenon, la contribution de sa fille ne nous est pas parvenue dans sa totalité. Après le veto opposé par Denyse Simenon-Ouimet, le père fut mis en demeure par les tribunaux de supprimer les passages où Marie-Jo parle de la façon dont sa mère a abusé d'elle à l'âge de onze ans. Simenon a profondément regretté cette décision. Car, selon lui, c'est là qu'il faut trouver la raison pour laquelle Marie-Jo a mis fin à ses jours à l'âge de vingt-cinq ans.

Dans son article, Marc avance qu'il s'agit d'une interprétation simpliste. Si quelqu'un est responsable de la mort de Marie-Jo, c'est Simenon lui-même. Il s'est attaché sa fille dès le début. Elle était sa seule fille et la seule « femme » qu'il eût vraiment aimée. Lorsque, à l'âge de huit ans, elle a voulu voir ces rapports proclamés à la face du monde en portant une alliance, il lui a donné satisfaction. Et elle a ensuite obtenu de lui tout ce qu'elle voulait, sauf peut-être de partager son lit.

Mais, sur ce point, nous ne disposons que de la parole de Simenon lui-même, souligne Marc dans son article. Il considère que les lettres laissées par Marie-Jo et les cassettes qu'elle a enregistrées à l'intention de son père révèlent un amour ne connaissant pas de limites. Et, quand elle commence à rencontrer d'autres hommes, ce ne sont pas des garçons de son âge mais des hommes mariés ayant la cinquantaine.

Marc ne pousse pas le raisonnement au point de soutenir qu'il ait existé des rapports de nature incestueuse entre Simenon et sa fille. Pas sur le plan physique, en tout cas. En revanche, écrit-il, on peut admettre qu'il s'agissait d'un lien émotionnel incestueux, autrement dit d'une influence affective excessive de la part d'un père sur une enfant qu'il avait le devoir de protéger. Ce qui motive un tel être, ce n'est pas l'amour, poursuit-il, c'est au contraire la froideur.

Il n'en veut pour preuve que le roman publié par Simenon sept ans avant que sa fille ait mis fin à ses jours d'une balle dans le cœur. Il a pour titre *La Disparition d'Odile* et met en scène une jeune fille frigide ayant échoué dans la vie et caressant des idées de suicide. C'est une sorte de prédiction assez effrayante de ce qui allait arriver à Marie-Jo Simenon, et le tableau d'une famille dont les membres sont calqués sur la réalité. Dans le roman, ce n'est pas le père qui sauve Odile, mais son frère aîné. Le père, lui, s'enferme dans son bureau et rédige des romans historiques tandis que la mère passe ses journées à dormir, à jouer au bridge et à boire du whisky.

Au cours des derniers jours de son existence, Marie-Jo a écrit lettre sur lettre à son père. L'une d'elles est ainsi libellée : « Sauve-moi, *Daddy*, je suis en train de mourir. » Mais il n'est pas venu à son secours. La dernière chose qu'il a faite pour elle a été de répéter au téléphone les paroles qu'elle lui a dictées : « Je t'aime. » Deux jours plus tard, elle était morte.

La conclusion à laquelle parvient Marc est que, du fait de la froideur dont sa mère a fait preuve envers lui, Simenon était incapable d'aimer les femmes adultes. Il ne s'est jamais remis de l'avoir entendue regretter que ce ne soit pas lui, Georges, mais Christian, son frère cadet, qui soit mort en servant à la Légion étrangère – où Georges l'avait d'ailleurs envoyé. Les femmes adultes constituaient pour lui une menace et le contraignaient à faire sans cesse la preuve de sa virilité. C'est ainsi qu'il avait forgé le mythe des « dix mille femmes », afin de masquer son impuissance latente, voire une certaine homosexualité.

Marie-Jo, en revanche, ne constituait pas un danger pour lui. Du moins tant qu'elle n'était qu'une petite fille.

Malgré la confusion de son esprit, Marie-Jo voyait très clair, écrit encore Marc. Et il conclut sur une citation tirée de l'une de ses lettres, envoyée à son père deux mois avant sa mort : « Au travers de l'"homme nu" que tu as pourchassé toute ta vie, n'avais-tu pas fui un peu l'image de ton "Toi", tout nu aussi ? »

Après avoir fini de lire l'article de Marc, je lui ai demandé quels rapports entretenaient, selon lui, Bernard Wouters et sa fille Marie-Jo.

– Pourquoi, ai-je insisté, Bernard a-t-il tenu à ce que sa fille porte le même nom que la malheureuse Marie-Jo Simenon ?

– Il a lui aussi fui l'image de son « Toi », a répondu Marc.

LES GENS QUI ONT PEUR PEUVENT ÊTRE TRÈS DANGEREUX

Bernard Wouters n'avait plus que quelques heures à vivre lorsque, le lendemain matin, il sortit l'enveloppe contenant les chèques de voyage qu'il conservait dans la poche intérieure de sa veste. C'était une habitude qu'il avait prise au cours de ses précédents déplacements à Paris et qu'il avait trouvée pratique. Les espèces dans le portefeuille, les réserves sous forme de chèques de voyage dans une enveloppe séparée. Si on lui volait son portefeuille, qu'il portait toujours dans la poche revolver de son pantalon de velours, il lui suffisait de se rendre à la banque ou au bureau de change le plus proche pour toucher l'un de ses chèques. Il n'avait pas confiance dans les cartes de crédit et ne s'était donc pas soucié de s'en procurer.

La soirée s'était mal terminée, la veille. Tandis qu'il achevait son repas, vidant sa bouteille de pouilly fumé et quelques derniers calvados, il avait senti monter le besoin de plus en plus impérieux, et finalement irrépressible, d'avoir un rapport sexuel. Il ne se souvenait pas en avoir éprouvé de semblable depuis l'époque de sa première jeunesse, lorsqu'il faisait les cent pas devant les bordels de Liège. Il avait été contraint de voir la vérité en face : c'était pour satisfaire enfin ce besoin longtemps refoulé qu'il était venu à Paris. Le reste n'était que prétextes. Il serait venu même si Marie-Jo ne lui avait pas offert le voyage. Il aurait raclé ses fonds de tiroir, serait allé jusqu'à se priver d'acheter la belle bibliothèque à portes vitrées aperçue dans le magasin chic *Dominique Rigo*, avenue Louise, qu'il désirait réserver aux volumes de Simenon.

Bernard Wouters avait opéré une ultime tentative en vue d'avaler une bouchée de côtelette d'agneau, mais cela lui avait été tout à fait impossible. Dès qu'il en avait eu le goût sur la langue, les nausées étaient survenues. La côtelette avait le goût de sang, d'un sang cru et palpitant. Pourquoi avoir changé d'avis et laissé cette sorcière de Madeleine Defosset lui ôter la bouillabaisse de la bouche ?

« C'est la dernière fois, avait-il décidé en faisant signe à la serveuse pour lui demander l'addition. La dernière fois que je permets à une femme de se moquer de moi. Je vais aller trouver Delphine, lui ordonner d'enfermer son sale chien et la prendre en levrette comme aurait fait Simenon. » Elle aurait droit à deux minutes, pas une seconde de plus !

Mais Delphine ne l'avait pas laissé entrer. Il avait été humilié encore une fois. Il était resté une bonne heure devant sa porte, rue Saint-Denis, à actionner sa sonnette et à parler de façon de plus en plus désespérée dans l'interphone. Pour finir, un agent qui faisait sa ronde l'avait remarqué et lui avait intimé l'ordre de circuler.

– J'ai oublié ma clé, avait-il tenté d'expliquer. Mon amie est là-haut, je le sais, mais elle s'est sans doute endormie. Laissez-moi quelques minutes, simplement, et alors… A moins que… reprit-il au bout d'un instant, surpris de sa propre audace. Vous ne voudriez pas m'aider, monsieur le commissaire ?

– Votre amie ! avait répondu l'agent en lui éclatant de rire au nez. Je sais de quelle sorte d'amie il s'agit ! On l'appelle « la Cicatrice », entre nous. Si elle ne vous laisse pas entrer, ce ne peut être que pour une seule raison : elle a peur.

– Je ne lui ai rien fait, avait insisté Bernard Wouters. Nous sommes bons amis. Elle n'a aucune raison d'avoir peur de moi.

– Si je peux vous donner un bon conseil, c'est de partir d'ici, avait répondu l'agent en adoptant une mine de très grand sérieux. « La Cicatrice », il ne faut pas jouer avec elle. Si elle s'imagine que quelqu'un lui en veut, je ne voudrais pas être à la place de celui-là. Il lui est déjà arrivé de se venger. Et pas pour de rire.

– Je croyais que vous disiez qu'elle avait peur, avait objecté Bernard Wouters, qui n'était pas décidé à céder si facilement.

– Les gens qui ont peur peuvent être très dangereux, avait répliqué le policier. Vous voulez peut-être que je vous donne des détails ?

Bernard Wouters avait décliné cette proposition. Il avait rassemblé les derniers restes de son bon sens et s'était éloigné à contrecœur. Il ne faut pas discuter avec les forces de l'ordre, s'était-il dit. De toute façon, elles ont toujours le dernier mot. Et il n'avait pas la moindre envie de passer la nuit en prison. Il ne voulait pas accorder cette satisfaction à Delphine.

Au lieu de cela, il était revenu à *La Lambada*, le bar où il l'avait rencontrée. Il n'y a que quelques heures de ça, s'était-il dit, mais j'ai l'impression que c'est une éternité. Patrick, le gentil barman, trouverait le moyen de le dépanner. Delphine n'était pas la seule à exercer son métier, à Paris. Que lui avait-il dit, déjà ? Ne lui avait-il pas conseillé « quelqu'un de plus jeune et de plus attirant » ? Ce qui voulait forcément dire qu'il avait compris qui était vraiment Bernard Wouters et la raison de ses désirs.

Mais Patrick n'était pas de service à *La Lambada*. Il avait terminé environ une heure plus tôt. C'était une femme qui avait pris sa place derrière le bar, une espèce de colosse dotée d'une poitrine débordant généreusement du décolleté. Elle ne s'était pas montrée particulièrement aimable envers lui et l'avait au contraire observé d'un œil critique lorsqu'il avait commandé son calvados. Comme si elle avait à moitié envie de lui refuser son remontant. Il n'était pourtant pas ivre à ce point ! L'agent de police ne lui avait fait aucune remarque à cet égard. Cette femme n'était vraiment pas à son goût, en tout cas. Même s'il avait été Simenon, il aurait refusé d'avoir affaire à elle.

Ce jour-là, tout était allé de travers. Il avait à peine ouvert la bouche pour dire à ce personnage ses quatre vérités que la porte s'était ouverte et que l'agent de police zélé était entré. Il s'était dirigé droit vers Bernard Wouters.

– Nous venons d'être saisis d'une plainte, avait-il dit. « La Cicatrice » prétend que vous la harcelez. Elle a peur. Cela fait longtemps qu'elle n'a pas eu une telle frousse, à ce qu'elle prétend.

C'était ainsi que Bernard Wouters avait finalement été reconduit à l'*Hôtel du Cygne* sous escorte policière.

– C'est plus prudent, avait dit l'agent de police. Je ne réponds pas de votre sécurité si vous vous obstinez à déambuler dans les parages.

C'EST SA GAUCHERIE QUI M'A ÉMUE

Frédérique Wouters était mon amie et l'une des rares personnes à se fier à moi. Il n'est pas fréquent qu'une femme mariée place sa confiance en une autre qui ne l'est pas, surtout lorsque celle-ci a une liaison avec un homme marié. Et encore moins si la femme en question a l'occasion de fréquenter son mari, à elle, sur les lieux de travail. Professionnellement, Bernard Wouters exerçait son activité principale à l'Athénée royal d'Uccle 1, mais il venait souvent dans les bureaux du journal *Le Soir*. Un jour, il m'avait confié ses regrets d'avoir choisi le métier de professeur plutôt que de journaliste. Il n'était pas mécontent de «piloter des jeunes gens à travers les labyrinthes de la langue française», comme il le disait, mais il trouvait qu'il aurait été encore plus satisfaisant de pouvoir y séjourner lui-même.

Non, Frédérique Wouters n'a jamais eu peur que je lui prenne son mari. Ce qui me rend si catégorique, ce n'est pas seulement qu'elle mesurait à quel point son mari avait peu de séduction, avec ses traits grossiers et son empâtement, que soulignait sa mise: pantalon de velours informe et pull-over qui ne parvenait pas à masquer sa bedaine. Mais Frédérique savait que j'étais très attachée à mon amant de l'époque, André, même si elle n'était jamais parvenue à en comprendre la raison.

– Tu es vraiment possédée par ce type, lui arrivait-il de me jeter à la face quand j'allais la voir afin de m'épancher un peu au lieu d'alarmer Claire. Si j'étais toi, je l'enverrais balader.

La plupart des connaissances de Frédérique voyaient sans doute surtout en elle la femme douce, responsable et dépourvue de passions qu'elle s'efforçait d'être. Mais seuls ses amis les plus intimes savaient combien elle devait lutter pour préserver cette façade. Peut-être était-ce d'ailleurs moi qui le savais le mieux.

Dès le début de notre amitié, Frédérique m'avait avoué qu'elle avait grand besoin d'une amie « à qui elle puisse tout dire ». Elle s'était tue beaucoup trop longtemps, peut-être par excès de méfiance.

– Mais, d'un autre côté, avait-elle poursuivi, on n'est jamais assez prudent. Si Bernard savait que je t'ai raconté tout ça, je ne sais pas ce qui risquerait de se passer.

L'histoire de la vie de Frédérique n'avait rien de très exceptionnel, si l'on en croit les nombreux rapports publiés çà et là, sous forme de livres ou dans les médias. Elle avait grandi à Liège et était la fille aînée d'un pasteur protestant qui, grâce à son don inné d'en appeler aux besoins religieux des gens, était parvenu à réunir les fonds nécessaires à la fondation de sa propre église. Elle ne comptait que peu de fidèles, mais ceux-ci n'en étaient que plus convaincus. Ils voyaient dans leur curé un homme prêchant la parole authentiquement divine, écoutaient patiemment ses longs sermons sur le ciel et l'enfer, sur le châtiment et la pénitence, et acquittaient très volontiers la dîme qu'il exigeait d'eux. Ce n'est qu'au bout d'un assez long temps que l'on commença à soupçonner quel loup s'était vêtu de l'habit de berger sous lequel il se présentait. A partir du moment où Frédérique avait eu douze ou treize ans – elle ne se souvenait plus très bien et n'y tenait d'ailleurs pas –, il avait régulièrement couché avec elle. Elle s'était tue et s'était laissé faire, en partie à cause des tourments de l'enfer dont son père la menaçait si elle refusait, en partie pour protéger ses sœurs cadettes. Malgré sa jeunesse, elle avait compris que, tant que son père pourrait agir à sa guise avec elle, il laisserait ses sœurs tranquilles.

La mère n'a jamais été informée de la chose, non plus. Elle avait «les nerfs fragiles», faisait de longs séjours en maison de repos et, quand elle était chez elle, il fallait lui épargner ce qui pouvait l'inquiéter.

Ces abus se sont poursuivis jusqu'à ce que Frédérique ait vingt ans. Mais ils n'ont pris fin que le jour où les parents de l'une des communiantes de son père ont porté plainte contre lui pour avances «inconvenantes», selon leurs termes, et complété leur déposition en signalant que, s'ils n'avaient pas réagi plus tôt, c'est qu'ils n'avaient pas voulu ajouter foi d'emblée aux allégations de leur fille prétendant que le curé après le catéchisme la retenait dans la sacristie, où il la «tripotait».

– Vous comprenez : il est pasteur, ont-ils dit. A qui se fier, si on ne peut même pas avoir confiance en un homme d'Église ?

Cela s'était terminé par la suspension des fonctions du père de Frédérique et l'interdiction pour lui d'exercer le sacerdoce. Elle avait enfin osé quitter la maison, non sans avoir auparavant raconté à ses sœurs ce qu'elle avait eu à subir. Elle était ensuite devenue institutrice, et c'est lors d'une journée pédagogique qu'elle avait rencontré Bernard Wouters, de trois ans son cadet. Elle avait trente-sept ans mais n'avait encore jamais osé aimer aucun homme. Bernard l'avait impressionnée par sa façon peu impérieuse de se comporter. «C'est sa gaucherie qui m'a émue», disait-elle. Par ailleurs, il était le parfait contre-pied de son père. Peu lui importait qu'il ne fût pas beau. Au contraire, c'était un trait de plus à son actif. Son père «était, par-dessus le marché, beau comme un dieu », avec son profil classique, sa tignasse et sa barbe blond foncé.

Sa rapide grossesse fit à Frédérique l'effet d'un miracle. Dans ses moments les plus sombres, elle s'était imaginé que son père avait endommagé ses organes de façon si radicale qu'elle ne pourrait avoir d'enfant. Lorsque Bernard lui avait proposé de devenir sa femme, son bonheur avait été « complet ». Elle avait quitté son travail d'institutrice à la naissance de Marie-Jo et s'était consacrée à sa maternité de façon totale. Elle tenait à ce que sa fille ait tout ce dont elle avait été privée : amour, encouragements et soins les meilleurs possible.

La grossesse s'était déroulée sans complications. La seule chose qui avait inquiété Frédérique était de voir Bernard s'éloigner d'elle de plus en plus. Au bout d'un mois de mariage, déjà, il avait pris l'habitude de rester très longtemps à sa table de travail, le soir, jusqu'à ce qu'elle soit endormie. Il s'était aménagé un petit coin à lui dans ce qui avait jusque-là servi de penderie et passait de plus en plus de temps à corriger des cahiers et à rédiger quelque chose en quoi Frédérique n'avait pas tardé à subodorer un roman. Il lui arrivait de l'entendre se lever de son bureau et ouvrir le placard où il gardait son manuscrit. Elle comprenait alors que l'inspiration se tarissait. Car, dans ce placard, il conservait également sa bouteille de whisky. Elle l'avait découverte un jour où elle avait eu besoin d'une feuille de papier pour noter une recette.

Lors de la naissance de Marie-Jo, la vie de couple de Bernard et de Frédérique n'était déjà plus qu'un souvenir.

– J'avais l'impression de ne plus exister pour lui en tant que femme, m'a confié Frédérique. Mais je ne lui en ai pas fait grief. L'important pour moi était que Bernard soit un bon père.

Mais était-il le bon père que Frédérique voyait en lui ?

Pouvait-il vraiment l'être, étant donné son passé ? C'était un enfant adoptif, il avait été « trouvé » dans un foyer d'enfants, alors qu'il avait un an, par un couple qui n'en avait pas et qui cherchait un garçon susceptible de reprendre un jour la boulangerie. Elle était dans la famille depuis des générations et passait pour la meilleure de Liège. J'y vais moi-même lorsque je suis dans cette ville, pour humer la bonne odeur de pain frais et acheter un gâteau aux amandes ou quelques couques au chocolat. Il n'existe pas de meilleure pâtisserie dans toute la Belgique, je peux le jurer.

Bernard n'a jamais pu savoir qui étaient ses parents biologiques. Il avait été placé dans ce foyer d'enfants après la mort de sa mère, lors de sa venue au monde. Elle avait dix-huit ans et avait donné naissance à l'enfant un soir, alors que son père et sa mère dînaient au restaurant avec des amis. De retour à la maison, ils trouvèrent leur fille gisant sur son lit, inerte, près d'un petit paquet qui piaillait. Le jeune homme avait le même âge qu'elle : il n'était donc pas question qu'il se charge de l'enfant ; et comme la famille de la jeune fille était accaparée par sa carrière – d'après ce qu'avait pu comprendre Frédérique il s'agissait d'un couple d'universitaires en vue, « je ne serais pas surprise s'ils étaient professeurs de faculté » –, il n'y avait pas d'autre solution que le placement dans un foyer. Ces gens y avaient emmené l'enfant dès le lendemain, « afin de pouvoir préparer l'enterrement », et avaient exigé du personnel la promesse de ne révéler ni leur nom ni celui de leur fille à d'éventuels parents adoptifs. La seule chose que ceux-ci auraient le droit de savoir était que l'enfant avait « une bonne hérédité » et qu'il « leur ferait donc honneur ».

Frédérique connaissait bien la famille d'accueil de son mari. Elle allait souvent acheter son pain dans la boutique de la rue Roture, au cours des années qu'elle avait passées à Liège. C'étaient, disait-elle, des gens très travailleurs, dont le principal souci, dans la vie, était de veiller à ce que leurs clients puissent toujours se fournir en baguettes croustillantes et en succulentes pâtisseries. Lorsqu'elle était gamine et courait, le matin, acheter le pain du petit déjeuner à l'intention de ses parents, elle apercevait parfois un garçon assis derrière le comptoir en train de sucer son pouce. La compassion l'avait gagnée devant cet enfant sans rien pour jouer et qui montrait un air gavé, comme s'il se nourrissait uniquement de pâtisseries. Par la suite, quand elle s'était rendu compte que son mari n'était autre que le garçon de la boulangerie, elle lui avait demandé si les choses s'étaient bien passées comme elle l'avait cru alors et s'il avait eu le droit de manger autant de gâteaux qu'il voulait. Mais il n'avait pas répondu. D'ailleurs, il refusait de répondre à toute question sur son enfance, de façon générale.

– Je crois que Bernard était malheureux, étant petit, a dit Frédérique. Très tôt dans sa vie, il avait dû sentir qu'il était destiné à un autre sort que celui de boulanger. Mais personne n'était venu l'aider lorsqu'il avait tenté d'apprendre à lire par ses propres moyens. Il aurait bien le temps de le faire lorsqu'il irait à l'école, lui avait-on dit. C'est certainement la raison pour laquelle il tient tellement à ce que Marie-Jo reçoive la meilleure éducation possible.

Frédérique était persuadée que sans son professeur de français Bernard aurait sans doute accepté de devenir boulanger. Elle ne croyait pas qu'à lui seul il aurait eu la force de s'opposer à la volonté de ses parents adoptifs. Ce professeur avait détecté les dons de Bernard, il avait un sens de la langue qui sortait vraiment de l'ordinaire. Mais le facteur décisif fut en définitive qu'il avait perdu son père adoptif à l'âge de quatorze ans. La mère avait alors engagé un employé en attendant que Bernard eût terminé sa scolarité et puisse prendre le relais. Mais le jeune homme en question ne s'était pas contenté de son rôle d'employé. Il n'avait pas tardé à épouser la boulangère et ils eurent bientôt un fils. Malgré ses quarante-cinq ans, Mme Simenon-Wouters était encore une très belle femme à la chevelure rousse, à l'époque. Son nouveau mari, Luc, avait vingt-huit ans et était très falot.

Le nom m'a fait sursauter.

– Simenon-Wouters, ai-je répété. Le second mari de Mme Wouters serait-il apparenté à Georges Simenon?

– Sans doute, m'a dit Frédérique. La famille paternelle de l'écrivain était nombreuse et certains de ses membres vivaient, ou vivent encore, à Liège.

Je n'ai pu retenir ma question:

– Cela pourrait-il expliquer l'intérêt de Bernard pour Georges Simenon?

– Je crois que ce serait plutôt l'inverse, a répondu Frédérique, et que c'est sa passion pour Simenon qui l'a amené à se rapprocher de Luc. Et que c'est Bernard qui l'a présenté à sa mère adoptive. Quoi qu'il en soit, ils sont devenus bons amis. Luc a emmené Bernard faire des parties de pêche sur la Meuse et lui a appris à jouer aux échecs. On peut seulement se demander quelles auraient été ces années, pour Bernard, s'il n'avait pas eu Luc sur qui s'appuyer.

– Que veux-tu dire, Frédérique?

– Quand Mme Wouters a enfin eu son fils biologique et héritier, elle s'est complètement désintéressée de Bernard. Il n'avait que seize ans et elle l'a plus ou moins mis à la porte. Elle lui a certes trouvé une chambre en ville et promis de faire face à ses dépenses «jusqu'à ce qu'il ait un travail honnête». Mais elle n'est jamais venue lui rendre visite. Luc, en revanche, l'a fait – en cachette. Il lui arrive d'ailleurs toujours de passer voir Bernard, quand il fait un saut à Bruxelles. Il a plus de soixante ans, maintenant, il est veuf depuis longtemps et souffre de rhumatismes. C'est étonnant de voir à quel point le visage de Bernard s'illumine quand il vient. C'est un autre homme. Il plaisante, il offre de la bière. Et ensuite, ils jouent aux échecs la moitié de la nuit.

– Qu'est-il advenu de la boulangerie ? L'homme aux cheveux roux qui se tient derrière le comptoir serait-il, par hasard, le jeune Simenon-Wouters ?

– De plus en plus souvent il confie le pétrin à un employé afin de pouvoir s'occuper personnellement de ses clients. Il n'existe pas de boulanger qui soit plus populaire, à Liège. Il paraît même qu'il a surpassé sa mère dans l'art de fabriquer les gâteaux aux amandes.

POURQUOI, POURQUOI ?

Ce n'est qu'en sortant de sa poche intérieure l'enveloppe contenant ses chèques de voyage que Bernard Wouters trouva la lettre de Marie-Jo. Il ne l'ouvrit pas immédiatement et se contenta d'abord de s'asseoir sur le lit en la tournant dans tous les sens et en se demandant : « Qu'est-ce que cela peut bien signifier ? »

Qu'avait à lui dire sa fille, pour le confier à une lettre au lieu de le lui annoncer en face ?

Il tenta de calmer ses inquiétudes en se remémorant leurs sujets de conversation le soir ayant précédé son départ. Rien que de très habituel, se dit-il. Elle lui avait parlé de son rattrapage de mathématiques, qui attendait sur son bureau d'être terminé, et de la traduction de son roman en néerlandais. Celle-ci en était au stade des premières épreuves et elle avait demandé à la lire avant qu'elle fût imprimée.

– Tu aurais pu le faire toi-même, avait dit Bernard Wouters, toi qui es si forte en néerlandais. Et personne ne connaît mieux que toi le contenu de ce livre.

– Personne si ce n'est toi, avait répliqué Marie-Jo, avec un sourire légèrement absent – puis, retrouvant rapidement son sérieux : Non, avait-elle ajouté, je ne crois pas que ce serait une bonne idée. Je pense qu'il est bon qu'un texte rencontre une certaine résistance de l'extérieur. Qu'il gagne à changer de rythme linguistique.

Nouvelle preuve de son intelligence car, naturellement, elle avait tout à fait raison. Seuls les écrivains parfaitement bilingues, tel Julien Green, sont capables de rendre justice à leurs œuvres dans une autre langue.

Rien que de très habituel, donc, se répéta Bernard Wouters en continuant à tourner entre ses doigts la lettre de Marie-Jo. Il ne viendrait jamais à l'idée de ma fille de m'accuser de quoi que ce soit. Sur l'un de ces points, elle ne peut vraiment se souvenir de rien. Elle n'avait que deux ou trois ans, le jour où je me suis laissé emporter. Et, quant au reste…

Mais il fut aussitôt pris de remords, comme si souvent ces derniers temps. N'avait-il pas agi à l'encontre de ses convictions lorsqu'il s'était servi de sa fille pour faire paraître son roman ? Il n'avait certes pas ménagé sa peine pour lui donner l'air d'avoir été rédigé de bout en bout par une débutante de quinze ans. Il avait consciemment laissé subsister certaines des imperfections en matière de technique et de peinture des personnages qui caractérisaient l'écriture maladroite de Marie-Jo. Il était même allé jusqu'à accentuer les aspects de dilettantisme tellement évidents dans son manuscrit. Sans cela, elle n'aurait pas été crédible.

Bernard Wouters luttait contre une angoisse qui était plus forte que jamais. Marie-Jo est bien trop intelligente pour ne pas comprendre que la parution de ce livre lui a causé au moins autant de plaisir qu'à moi, tenta-t-il de se persuader. Elle a été d'accord avec moi depuis le début.

Mais rien n'y fit. Son grand corps se mit à trembler et, à sa grande surprise, il constata que ses yeux et son nez coulaient. Ce devait être le fait de tous les calvados qu'il avait ingurgités depuis son arrivée à Paris. Comme il n'en avait pas l'habitude, il aurait dû faire un peu plus attention.

Il n'avait pas eu le temps de prendre le pli, à la différence de Simenon.

Mais n'était-ce pas plutôt le commissaire Maigret qui aimait tant le calvados ? Les idées se brouillaient dans sa tête. Il aurait pourtant dû être capable de distinguer l'auteur de son personnage, lui qui se vantait très haut d'être le meilleur connaisseur vivant de l'œuvre du maître. Pas publiquement, il est vrai, seulement à l'intention de lui-même, car il n'avait rien d'un fanfaron, jamais de la vie. Sur ce point, il se démarquait notablement de Simenon.

Il se rendit alors compte que, s'il était à ce point inquiet, c'était parce qu'il avait en main la première lettre de Marie-Jo qu'il recevait. Elle ne lui avait écrit ni pendant les années qu'elle avait passées en pension ni au cours des semaines si funestes de ce stage d'équitation en France. Sur ce point, elle aurait eu des leçons à prendre de Marie-Jo Simenon, qui avait couvert son père des missives les plus belles et les plus intimes. Mais sa Marie-Jo à lui préférait le téléphone. C'était l'une des raisons pour lesquelles il l'avait retirée de la pension. Une raison secondaire, mais quand même : ses notes de téléphone étaient vertigineuses. Il n'avait jamais compris comment elle s'y prenait, lui qui s'efforçait constamment de s'attacher à l'essentiel. Sans doute avait-elle beaucoup de choses à dire à sa mère, aussi. Et celle-ci n'était pas toujours très économe de ses paroles.

Une pensée tenta de se frayer un chemin vers les circuits ordinaires de son cerveau, mais il l'écarta promptement. Elle n'avait quand même pas un petit ami ? Pas sa Marie-Jo ? Pas pendant qu'elle était en pension ? Ce garnement de Laurent ne s'était attiré ses faveurs que par la suite. Cela s'était passé en France, pendant l'été. Mais, en père conscient de ses responsabilités qu'il était, il avait réglé cette histoire.

Bernard Wouters tremblait toujours. Pourquoi Marie-Jo

ne lui avait-elle pas remis cette lettre en main propre ? Rien n'aurait été plus facile que de la lui donner avant son départ. Mais il se souvint alors qu'elle n'était pas là lorsqu'il avait quitté la maison. Elle aurait pourtant dû. Elle aurait dû être à sa table de travail, en train de se concentrer sur ce devoir de mathématiques. Mais, quand il avait demandé à Frédérique où était leur fille, elle s'était contentée de secouer la tête en disant :

– Je suppose qu'elle est partie se promener.

– Se promener, par un temps pareil ?

– Elle est peut-être allée faire un saut jusque chez Delhaize pour s'acheter un gâteau au chocolat ?

Voilà qui était un peu plus vraisemblable. Marie-Jo faisait une énorme consommation de chocolat, ces derniers temps. On aurait dit qu'elle ne parvenait pas à se rassasier de Côte d'Or ni de Galler. Mais elle était en pleine croissance, cette petite, et elle avait donc besoin d'énergie supplémentaire. Du moment qu'elle veillait à ne pas devenir obèse, la petite sylphide à son papa. Son garçon manqué.

Ce qui intrigua Bernard Wouters, ensuite, ce fut la façon dont elle était parvenue à glisser cette lettre dans la poche de sa veste. Quand avait-elle réussi à effectuer ce tour de passe-passe ? Alors qu'il portait sa veste depuis le matin, une fois sa toilette terminée.

Mais non, au fait ! Comment sa mémoire pouvait-elle lui jouer de pareils tours ? Il avait soudain eu une suée en constatant qu'il avait oublié de sortir son billet de chemin de fer du coffre-fort et avait alors accroché sa veste au dossier de sa chaise, dans son bureau. Elle n'était certes restée là que quelques minutes mais c'était suffisant pour Marie-Jo, de nature vive comme un écureuil.

Pourquoi, ma petite Marie-Jo, pourquoi ?

Le tremblement de Bernard Wouters s'arrêta aussi vite

qu'il avait commencé. Naturellement ! Dire qu'il avait pu avoir le cerveau aussi lent ! C'était une bonne leçon. A l'avenir, il devrait se contenter de bière et de vin, agrémentés d'un unique whisky ou calvados, au plus, et encore comme apéritif ou juste avant d'aller au lit. Marie-Jo avait bien entendu craint que les cinquante mille francs belges ne suffisent pas. Cela correspondait à peine à dix mille francs français. Cette enveloppe devait contenir des billets supplémentaires, ou peut-être un chèque. Sûrement un chèque, car elle n'était pas assez épaisse pour renfermer des billets.

Bernard Wouters ouvrit rageusement l'enveloppe. Mais il dut aussitôt s'appuyer contre la tête du lit en portant la main à son cœur. Elle ne contenait ni chèque ni argent, simplement une lettre assez brève. Il n'eut pas le temps d'en lire la moitié avant d'avoir la vue qui se brouille puis de s'effondrer. Mais quelque chose le força à remonter à la surface et à mobiliser suffisamment d'énergie pour en prendre connaissance jusqu'au bout.

Peut-être avait-il mal lu ! Il fallait qu'il ait mal lu !

« Mon cher papa, disait Marie-Jo, quand tu liras cette lettre, je ne serai plus en vie. Je n'en ai plus la force. Tu sais très bien pourquoi. Je n'ai rien à te reprocher, tu as sûrement agi pour mon bien, comme tu m'as toujours dit que tu le faisais. Mais, pour moi, il a été difficile, bien trop difficile de porter la responsabilité de quelque chose qui ne m'appartenait pas. Tu sais combien j'aurais aimé "aller jusqu'au bout de moi-même", comme tu dis toujours que Georges Simenon le faisait, et écrire ce nouveau livre qui m'aurait appartenu en propre et pour lequel tu ne m'aurais apporté ton aide que lorsque j'aurais été face à d'insurmontables difficultés. Mais je ne suis pas Georges Simenon et ne le serai jamais. Je n'ai pas son cran. Toi, en revanche, tu parviendras peut-être à le devenir, un jour, je te le souhaite de tout mon cœur. A moins que tu ne surprennes le monde non pas en étant un nouveau Simenon mais en te contentant d'être Bernard Wouters. Tu as beaucoup de choses à dire, je suis sans doute mieux placée que quiconque pour le savoir. Je sais parfaitement, aussi, que je ne suis pas douée pour l'écriture. Il n'y aura jamais de second livre paraissant sous mon nom. Prends mes notes et fais-en ce que tu voudras. Peut-être y trouveras-tu certains éléments que tu pourras utiliser, même si je suis persuadée que les expériences que tu as eues sont plus intéressantes que les miennes ne l'ont été ou ne pourront jamais l'être.

« Crois-moi, papa, j'ai cherché une autre issue, mais n'en ai pas trouvé. Cela me fait de la peine pour toi, ainsi que pour maman, alors que vous avez tellement fait pour moi. Je vous aime.

« MARIE-JO. »

Bernard Wouters n'avait plus que deux lignes à lire lorsqu'on frappa à la porte. Il ne répondit pas. On frappa de nouveau et la porte s'ouvrit. Devant lui se trouvait Frédérique, sa femme.

– Enfin, dit-elle. Nous allons enfin pouvoir régler nos comptes, toi et moi.

ELLE A VOULU LE PUNIR

Après le suicide de Marie-Jo, je me suis efforcée de m'occuper de mon mieux de Frédérique. Le temps a passé et je ne parviens toujours pas à comprendre comment elle a survécu au premier soir. Rien de ce qu'on peut dire ou écrire après le décès inattendu d'un être humain ne peut rendre compte des sentiments qu'il fait apparaître lorsque, soudain, une personne qui vibrait de vie, peu de temps auparavant, n'existe plus. Le pire est sans doute le lot des parents d'un jeune homme ou d'une jeune fille, surtout lorsqu'il s'agissait d'un enfant unique. Je n'en suis pas sûre, n'ayant jamais eu à connaître ce sort. Mais je crois pouvoir affirmer une chose. Ce qui est insupportable au point d'être indicible, c'est de savoir que cette personne n'a pas trouvé digne d'être vécue la vie qu'on avait à lui offrir.

Lorsqu'on a demandé à Frédérique de venir à la morgue de la rue de Monserrat, dans le quartier des Marolles, pour identifier la jeune fille qui s'était jetée sous le TGV de Paris, Marie-Jo était décédée depuis plus de six heures. Un malentendu avait orienté la police sur une mauvaise piste : un jeune homme lui avait signalé que sa petite amie, qui prenait une semaine de vacances aux sports d'hiver dans les Alpes et à qui il devait dire au revoir sur le quai de la gare du Midi, n'était pas venue au rendez-vous, fixé dans le hall central ;

vérification faite, la jeune fille était bien à bord du train. Mais elle avait évité le petit ami en question car elle partait avec une nouvelle connaissance, un homme marié qu'elle voyait en cachette.

J'ai conduit Frédérique à la morgue, qui est dissimulée aux regards au fond d'une impasse, non loin de l'hôpital Saint-Pierre. Je crois qu'elle ne s'est pas vraiment rendu compte qu'il s'agissait de Marie-Jo gisant dans cette boîte en métal à l'éclat mat, quoiqu'elle l'ait identifiée comme il se devait. Le regard rivé sur le sol, elle a marmonné : « Oui, c'est ma fille. C'est Marie-Jo. » Ce n'est qu'une fois de retour dans la maison de l'avenue des Statuaires qu'est survenue sa réaction, avec tous les signes manifestes d'un chagrin extrêmement violent.

– Elle a voulu le punir, criait-elle. Elle a imaginé le pire de tous les châtiments !

– Que veux-tu dire ? ai-je demandé.

Mais elle a refusé d'en dire plus. Même le cognac que je nous ai servi à toutes deux n'a pu venir à bout de son mutisme. Elle s'était engagée sur une voie sans retour qui tournait perpétuellement en rond et sur laquelle les gares avaient pour nom Châtiment et Mort.

C'est sur moi que le cognac a fait le plus d'effet. Au bout de quelques gorgées je suis sortie de ma torpeur et j'ai commencé à reprendre mes esprits. J'ai voulu savoir si Marie-Jo n'avait pas laissé un message quelconque.

– Allons voir dans sa chambre !

Mais il n'y avait rien. Marie-Jo avait laissé la pièce dans un ordre parfait, ce qui constituait pour moi un contraste très net avec le chaos que j'y avais vu la fois où je devais aller chercher Claire et où ni Bernard ni Frédérique n'étaient à la maison. Personne n'avait répondu lorsque j'avais sonné à la porte mais, ne la trouvant pas fermée à clé, j'étais entrée.

De la musique provenait de la chambre de Marie-Jo – c'était en fait l'une des chansons préférées de Claire à l'époque. Lorsque j'avais frappé à la porte de la pièce, c'est une Marie-Jo très inquiète qui avait passé la tête dans l'embrasure.

– Quelle chance que ce soit vous, madame De Decker, avait-elle lâché. Vous imaginez, si papa m'avait entendu passer ce disque ?

Mais, cette fois, le bureau était débarrassé de tout ce qui l'encombrait, à l'exception de la vieille Remington que Marie-Jo s'obstinait à utiliser, les livres étaient soigneusement rangés sur les étagères de la bibliothèque, un ours en peluche usé au point de ne plus avoir qu'une oreille était posé sur le lit, une affiche d'Audrey Hepburn ornait le mur, en compagnie de plusieurs autres représentant des chevaux, et voisinait avec deux ou trois prix remportés par Marie-Jo dans des concours hippiques.

De mon existence, je n'ai vu de tiroir aussi vide. Il ne contenait rien de ce que nous y jetons habituellement sans y attacher d'importance, dans la ferme intention de ranger ce fatras un peu plus tard, à temps perdu. Il n'y avait pas un morceau de papier, pas un calendrier ou une liste de numéros de téléphone, rien d'autre qu'une gomme.

– Elle a sûrement tout jeté, a marmonné Frédérique.

C'est alors que sont survenues les larmes. Frédérique s'est effondrée sur le lit de sa fille, le visage enfoui dans les mains, secouée par de violents sanglots.

– Pourquoi a-t-elle tout jeté ? Tu peux me le dire, Suzanne ? Qu'est-ce qu'elle avait dans son tiroir qu'elle ne voulait pas qu'on voie ?

Son journal intime, sans doute, ai-je pensé. Mais, à voix haute, j'ai dit, le bras passé autour des épaules de Frédérique et en essuyant les larmes qui coulaient le long de ses joues :

– Peut-être le manuscrit d'un nouveau livre.

– Ce n'étaient que quelques notes, répondit-elle entre deux sanglots, mais Bernard les a emportées à Paris. Il avait promis à Marie-Jo de les regarder, là-bas, «au calme», comme il a dit. Il devait lui donner son avis à son retour.

– Des photos, alors ? De Laurent, d'elle-même ou de tous les deux ?

J'avais aussitôt remarqué ce détail. La photo de Laurent, bien présente sur son bureau lors de ma rapide visite quelques mois plus tôt, avait disparu.

Mais ces mots m'eurent à peine échappé que je me suis avisée que nous avions totalement oublié Laurent. Nous avions été tellement absorbées, Frédérique par son deuil et moi par l'inquiétude que je nourrissais à son égard, que nous n'avions pas eu la moindre pensée pour le petit ami de Marie-Jo. Il était compréhensible que Frédérique l'ait chassé de ses préoccupations, de même qu'elle avait d'abord refusé de penser à Bernard, mais je n'aurais pas dû l'imiter sur ce premier point, moi qui avais vu Marie-Jo et Laurent ensemble et qui savais, grâce à Claire, à quel point ils étaient amoureux l'un de l'autre.

– Ils sont inséparables, m'avait-elle glissé à l'oreille lors de son anniversaire de l'année précédente, la seule fois où Marie-Jo et lui étaient venus chez nous ensemble.

J'ai lu quelque part, ou entendu dire, que si l'amour entre adolescents est tellement authentique, tellement sincère et pur, c'est parce qu'ils ne se sont pas encore fabriqué de passé dans ce domaine, qu'ils ne sont pas en proie à d'amers souvenirs. Mais, quand je pense à Marie-Jo et à Laurent, je ne crois pas que c'était leur cas. Ils avaient des souvenirs, chacun de son côté, des souvenirs lourds à porter et qui risquaient de les empêcher de se trouver. Ils étaient brûlés par la vie. Et, malgré ces souvenirs – à moins que ce ne soit grâce à eux –, ils étaient tombés amoureux. Pas seulement amoureux, du reste. En ce qui concerne Laurent au moins, il s'agissait de plus que cela : Marie-Jo était son premier grand amour.

J'ai pris sur moi de l'appeler.

– Frédérique veut absolument te parler, lui ai-je dit. Viens dès que possible, s'il te plaît, c'est très important.

Je ne sais pas s'il avait compris ce qui s'était passé ou si la mort de Marie-Jo lui était tombée dessus par surprise, autant qu'à sa mère et à moi. Elle était allée le voir tard le soir précédent, était restée longtemps à parler « de choses et d'autres » – pour reprendre ses propres termes, qu'il n'avait pas voulu préciser. Le chevalier qu'il était avait revêtu son armure et était prêt à partir au combat. J'ai pris peur en voyant le masque qu'il portait sur son visage.

– Laurent, ai-je tenté de dire, nous nous posons la même question que toi. Comment est-ce possible ? Qu'est-ce qui a fait mal à Marie-Jo au point de lui ôter l'envie de vivre ?

Il m'a lancé un regard que j'ai été incapable d'interpréter.

– Vous le savez parfaitement, madame De Decker ; il vous suffit de réfléchir un instant.

– Non, ai-je été obligée de répondre, je ne le sais pas. Je ne connaissais pas assez bien Marie-Jo.

Laurent ne s'est pas attardé. Il a décliné notre offre de cognac et n'a même pas consenti à ôter son gros manteau. Il voulait rentrer chez lui pour méditer ce qui venait de se passer. Mais, avant de refermer la porte d'entrée et alors qu'il s'apprêtait à sortir dans le vent d'hiver, il s'est retourné :

– Cela aurait été bien si Marie-Jo avait pu accompagner son père à Paris, lança-t-il.

– Est-ce qu'elle le souhaitait vraiment ? a demandé Frédérique.

– Bien sûr ! Elle n'avait pas de plus cher désir.

– Pourquoi n'en a-t-elle rien dit, alors ?

Il fallait que cela vienne de lui. Vous ne connaissez donc pas votre fille ?

Je suis intervenue :

– Un peu plus de ménagement, Laurent, si tu veux bien.

Mais il ne s'est pas laissé faire et a marmonné :

– S'il l'avait emmenée, elle serait peut-être parvenue à lui faire comprendre qu'elle voulait conduire sa vie à sa guise. Pas plus tard qu'hier soir je lui ai dit qu'il fallait qu'elle finisse par régler le problème de son père. Elle ne devait pas continuer à se laisser exploiter par lui. Mais ça lui était extrêmement difficile. Bien plus difficile que vous ne pouvez l'imaginer, madame Wouters.

– Il ne reste plus que le plus pénible, ai-je dit à Frédérique, une fois Laurent parti. Prévenir Bernard.

– Je ne sais pas où il loge, a-t-elle fait observer. Il ne m'a pas laissé d'adresse. Marie-Jo était la seule à la connaître. Elle savait où il avait l'intention de descendre : elle avait choisi l'hôtel elle-même. A moins que ce ne soit son éditeur.

– Il faudrait peut-être faire lancer un avis de recherches…

– Non, a répondu Frédérique, je refuse !

C'était peine perdue de tenter de discuter avec elle, dans l'état où elle se trouvait. Je me suis contentée de dire :

– Demain matin, j'appelle Gallimard dès l'ouverture des bureaux.

ELLE ÉTAIT L'UNIQUE AMOUR DE SON PÈRE

Frédérique a eu beaucoup de mal à m'expliquer ce qu'elle voulait dire par régler leurs comptes, Bernard et elle. J'ai été obligée de lui tirer les vers du nez pour qu'elle me dise ce qu'elle avait en tête lorsqu'elle s'est enfin trouvée face à face avec son mari, dans un hôtel bon marché tout près de la rue Saint-Denis.

Après une nuit sans dormir, elle avait pris le TGV pour Paris. Elle avait commencé ses recherches par l'*Hôtel Balzac*, puis passé au peigne fin un certain nombre d'autres établissements du 8e arrondissement. Dans le dernier, on lui avait conseillé de s'adresser le plus rapidement possible à l'ambassade de Belgique, avant la fermeture des bureaux. Elle avait dû attendre plusieurs heures que le fonctionnaire en charge de ces questions revînt de son déjeuner. Il était alors trois heures de l'après-midi et, en principe, l'ambassade était fermée. Mais le diplomate, qui « se portait comme un prince » après son repas bien arrosé, lui avait offert une tasse de café, avait écouté ce qu'elle avait à dire, appelé un « bon ami » dans la police parisienne, retenu une chambre pour elle et finalement commandé un taxi pour la conduire d'abord au commissariat déposer son avis de recherches, puis à l'hôtel.

Une fois dans sa chambre, elle était épuisée au point de ne pas avoir la force de se déshabiller – et encore moins l'idée de manger enfin un morceau. Elle s'était jetée sur son lit et endormie immédiatement.

Le lendemain, elle avait été réveillée par la sonnerie impérative du téléphone. Un agent de police particulièrement observateur avait signalé à sa hiérarchie un fait singulier. La veille au soir, il avait raccompagné du bar *La Lambada* à l'*Hôtel du Cygne*, dans le 1er arrondissement un Belge « plutôt parti ». Il n'avait pas cru bon de relever son identité car il n'était pas inhabituel pour des touristes de se retrouver en situation délicate dans ces parages, mais le signalement fourni par Frédérique s'accordait assez bien avec la personne.

Je ne l'ai revue qu'après qu'elle eut passé quelques jours en prison, soupçonnée d'avoir assassiné son mari. Elle était encore sous le coup des événements des jours précédents et beaucoup trop émue pour que je puisse obtenir d'elle un récit cohérent de ses retrouvailles avec Bernard à l'*Hôtel du Cygne* et de l'heure qui avait suivi. Mais, avec un peu de patience, je suis finalement parvenue à mettre en place certains, au moins, des morceaux du puzzle.

Ce qui lui était arrivé, au cours de ces journées grisâtres de janvier, était tout bien pesé le point d'aboutissement d'une longue période de rage et de chagrin. Maintenant que je connais le fin mot de l'histoire, je m'en veux de n'avoir pas été plus observatrice. J'avais malgré tout rencontré Frédérique assez souvent, au cours des mois qui ont précédé le suicide de Marie-Jo et le meurtre de Bernard. Mais, même lorsqu'elle m'a raconté le rêve que j'ai sûrement déjà rapporté – celui où elle se penche sur Bernard avec un couteau à la main –, je n'ai pas compris à quel point elle était au désespoir.

Comme c'est très souvent le cas pour les personnes qui sont victimes d'un traumatisme quelconque, Frédérique avait du mal à se concentrer sur ce que, en ma qualité d'enquêtrice auto-appointée dans cette affaire de meurtre, je considérais comme important. Au lieu de cela, elle n'a cessé, pendant les entretiens que nous avons eus dans cette prison parisienne, de revenir sur un événement qui s'était déroulé moins d'un an auparavant. Elle avait alors pris son courage à deux mains, m'a-t-elle dit, et était allée consulter une voyante qui recevait à l'*Hôtel Amigo*, près de la Grand-Place de Bruxelles. C'était une célébrité internationale, originaire d'Asie centrale, qui rentrait en Californie après une longue tournée en Europe. Le fait qu'elle ait choisi l'*Hôtel Amigo* est une preuve suffisante de sa renommée, car c'est, on le sait, l'un de nos établissements les plus luxueux. Son histoire n'est d'ailleurs pas sans intérêt. A l'endroit où il se dresse aujourd'hui se trouvait, au XVIe siècle, une prison. Pas une maison d'arrêt officielle, puisqu'il n'en existait pas à l'époque de l'occupation espagnole, plutôt un endroit où on regroupait les ivrognes, les vagabonds et les sans-abri. Certains vont jusqu'à dire que cette prison doit son nom à une plaisanterie qui avait cours parmi les clochards de la ville. Dire qu'on était allé rendre visite à son « ami » – *amigo* veut dire « ami », n'est-ce pas, en espagnol – signifiait qu'on avait passé quelques nuits aux frais de la municipalité.

J'avais également entendu parler de cette voyante et été tentée d'avoir recours à ses services, mais quelque chose était venu m'en empêcher. Si je me souviens bien, c'est juste à ce moment que ma mère est tombée très malade et a été hospitalisée temporairement à l'hôpital Édith-Cavell d'Uccle – soit dit en passant celui où le fils aîné de Simenon a vu le jour, au mois d'avril 1939.

Cette voyante avait beaucoup impressionné Frédérique, qui, en règle générale, est une personne dotée de beaucoup de sens pratique, pour ne pas dire terre à terre. Elle avait vu dans ses cartes que, tant dans sa vie actuelle que dans un certain nombre de précédentes, Frédérique avait été la victime d'hommes au tempérament destructeur. Ceux-ci ne l'avaient pas seulement privée de sa confiance en elle et de sa dignité humaine, ils l'avaient aussi violentée physiquement. Au cours d'une vie antérieure, l'un d'entre eux était même allé jusqu'à la faire tuer. Dans l'ensemble, Frédérique avait donc été pendant plusieurs siècles la servante et l'esclave de différents hommes. Mais, avait finalement déclaré la voyante, il n'était pas trop tard pour y remédier. Elle avait encore le temps de montrer à un homme qu'elle valait au moins autant que lui et de le remettre à sa place. Cette vie-ci, avait insisté la voyante, était cependant sa dernière chance. Si elle ne la saisissait pas, la suivante serait encore pire que les précédentes. D'un autre côté, si elle en profitait, elle échapperait à la malédiction qui la poursuivait et pourrait enfin connaître l'existence qu'elle était prédestinée à mener.

Pendant un bon moment, n'importe qui aurait pu croire que le cerveau de Frédérique s'était arrêté, comme si tout ce dont il était capable était de ruminer cette seule et unique expérience. Je me suis gardée d'intervenir, sentant bien que la chose n'était pas aussi anecdotique qu'elle avait pu le paraître au premier abord et que c'était au fond sa façon d'assimiler prudemment les événements de ces derniers temps. Lorsqu'il lui arrivait d'oublier un moment cette voyante et sa prédiction, c'était pour se cramponner à un autre sujet : les pères qui abusaient sexuellement de leurs filles.

– Toi qui sais ce que j'ai connu, m'a-t-elle dit, tu crois sûrement que je suis automatiquement attirée par les hommes qui ont les mêmes instincts pervers que mon propre père, n'est-ce pas ?

– Tu fais allusion à Bernard ?

– Bien entendu. Je n'ai jamais connu d'autre homme. Et je n'en aurai jamais d'autre.

Je marchais sur des œufs. Cette idée ne m'avait

naturellement pas été rigoureusement étrangère mais, d'un autre côté, Frédérique s'était toujours donné beaucoup de mal pour souligner à quel point son père et Bernard étaient différents.

– Tu as des raisons de croire que Bernard?...

Frédérique a détourné la tête et est restée silencieuse un long moment en regardant fixement les ténèbres de ce mois de janvier. Puis elle s'est mise à parler de Georges Simenon et à dire qu'elle n'était jamais parvenue à comprendre qu'un adulte comme Bernard ait pu en être obsédé à ce point.

– Le fait que son père adoptif ait été un Simenon n'est pas une explication suffisante à mes yeux, m'a-t-elle dit.

J'ai soudain eu l'impression de reconnaître Frédérique, femme raisonnable et réfléchie. J'ai donc décidé de me jeter à l'eau.

– Voudrais-tu dire que Bernard pensait que Simenon entretenait une relation incestueuse avec sa fille? ai-je demandé. Et aurait désiré l'imiter sur ce point également?

J'en étais venue à penser à l'article de Marc et à la discussion à laquelle il avait donné lieu entre nous.

Frédérique a continué à regarder par la fenêtre du parloir de la prison. Puis elle s'est retournée et m'a regardée droit dans les yeux.

– Il souffrait beaucoup de ne pas le savoir. Il voulait tout connaître de Simenon, tu ne l'ignores pas. Mais il ne comprenait absolument rien aux rapports que l'écrivain entretenait avec sa fille. Pourtant, il lui arrivait de penser qu'il touchait enfin à la vérité. Il marmonnait alors qu'il était évident que Marie-Jo Simenon était l'unique amour de son père. Son seul et unique amour à tous points de vue, la seule femme qu'il pût aimer même physiquement.

– Ce n'est pas possible, ai-je objecté. Il a aimé ses deux épouses passionnément. Et il a été extrêmement amoureux d'un certain nombre d'autres femmes. Joséphine Baker, par exemple.

Pourtant, je ne pouvais m'empêcher de donner raison à Bernard Wouters, en mon for intérieur. Qu'avait dit Marc, déjà, dans son article ? Eh bien, que Simenon était incapable d'aimer les femmes adultes du fait de la froideur dont sa mère avait témoigné envers lui.

Frédérique ne semblait pas s'apercevoir que j'avais tenté de la provoquer.

– Ni Bernard ni moi n'avons eu une grande expérience de l'amour, s'est-elle contentée de dire.

J'ai coupé court.

– Il n'était pas toujours entièrement persuadé ? Que Simenon avait des rapports incestueux avec sa fille ?

– En général, il se fiait à ce que Simenon lui-même a dit, paraît-il. A savoir que c'était sa mère qui s'était livrée à ce genre de pratique sur elle. « C'est la faute de cette femme si Marie-Jo s'est tiré une balle dans le cœur », m'a-t-il dit il n'y a pas très longtemps.

– Quand cela ?

– Au café où nous avons causé, peu avant qu'il meure, a répondu Frédérique en se mettant à entortiller une mèche autour de son doigt. Mais je bavarde, a-t-elle repris très vite, et j'allais oublier de te raconter une autre chose que m'a révélée cette voyante : si je mène bien ma barque dans cette vie-ci, j'aurai une bonne chance d'être un homme dans la suivante.

– Pour ma part, je ne crois pas que j'aimerais ça. Ça doit être affreux d'être un homme !

QUE S'ÉTAIT-IL PASSÉ DANS LE CERVEAU DE L'ASSASSIN ?

Lorsqu'on m'a demandé de partir pour Paris et d'en rapporter un article sur le meurtre de Bernard Wouters, j'ai refusé. Je comprenais bien que j'étais toute désignée pour cela, puisque je connaissais la famille Wouters et que j'étais celle qu'on dépêchait quelque part quand il s'agissait d'une mission difficile. Mais celle-ci l'était un peu trop.

– Supposons que ce soit Frédérique Wouters la coupable, ai-je dit à mon supérieur, M. Gilson. En effet, elle est détenue en tant que suspecte du meurtre de son mari. Et cela sur des bases solides. D'après la police, elle est la dernière à l'avoir vu vivant, elle a un mobile et, quand on l'a interpellée à la gare du Nord, elle était en possession d'un couteau du modèle en usage dans l'armée suisse. Supposons donc que ce soit elle qui ait commis ce meurtre. Comment pourrais-je rédiger un article sur cette affaire ? C'est mon amie et, comme si cela ne suffisait pas, sa fille était la meilleure amie de la mienne.

– Tu sauras te montrer à la hauteur, a répondu M. Gilson. Tu t'es sortie de situations plus difficiles que celle-là et, en plus, comme tu le dis toi-même, Marie-Jo Wouters était la meilleure amie de ta fille. Cela devrait suffire à te motiver. Pars, Suzanne, et reviens avec le scoop de l'année.

Mais je n'entendais pas me laisser persuader aussi aisément.

– Il me sera impossible d'éviter de fouiller dans la vie de Bernard Wouters, c'est-à-dire celle d'un collègue. Je ne peux pas garantir que cela ne rejaillira pas sur le journal. Je ne peux rien garantir, du reste.

– J'aime à te l'entendre dire, a répliqué M. Gilson. Je te reconnais bien là. As-tu jamais pu garantir quoi que ce soit, quand tu partais en reportage ?

J'ai été obligée de lui donner raison. C'était lorsque j'avais le sentiment que n'importe quoi pouvait arriver que je faisais les meilleurs reportages.

En outre – mais je me suis gardée de le dire à M. Gilson –, je serais de toute façon partie pour Paris. J'avais personnellement bien du mal à croire que c'était Frédérique la coupable. Ce qui plaidait en faveur de son innocence, c'était justement ce que la police parisienne avait considéré comme particulièrement probant : le couteau dans son sac à main. Frédérique avait certes rêvé, un jour, qu'elle en plantait un dans le corps de son mari, mais ce n'était pas ainsi qu'il était mort. Il avait été étranglé au fond d'une ruelle derrière le bar *La Lambada*, dans la rue Saint-Denis. Je comprenais bien le raisonnement que faisait la police. Frédérique avait pris ce couteau pour l'utiliser contre son mari mais, dans l'ardeur de la lutte, elle n'était pas parvenue à l'ouvrir : en effet les couteaux militaires suisses nécessitent à la fois du temps et de la patience. Au lieu de cela, elle avait réussi à le faire tomber, d'une façon ou d'une autre, s'était assise à califourchon sur lui et lui avait serré la gorge avec les pouces jusqu'à ce qu'il cesse de respirer.

Oui, je serais de toute façon allée à Paris, même si on ne m'avait pas demandé d'en rapporter un reportage. Et même surtout dans ce cas-là. J'y serais allée pour tenter d'innocenter Frédérique.

Ce qu'il y a de vraiment intéressant dans le cas Wouters,

me suis-je dit, c'est la façon dont le meurtre a été commis. Pourquoi l'assassin a-t-il voulu qu'il meure ainsi et non autrement ? Pourquoi a-t-il voulu l'étrangler, c'est-à-dire le réduire au silence ? Qu'a pu dire – ou menacé de dire – Bernard, pour lui faire voir rouge ?

Que s'était-il passé dans le cerveau de l'assassin ?

Plus j'y réfléchissais, plus il me paraissait incroyable que ce soit Frédérique la coupable. Qu'elle eût emporté ce couteau à Paris pour l'avoir sous la main si la situation l'exigeait, soit ; mais, dans ces conditions, elle s'en serait servie ! Et elle s'y serait préparée en le gardant ouvert dans son sac. Frédérique était une personne réfléchie, elle n'était pas encline à agir impulsivement, sous le coup de la colère. Et ce n'était pas une femme très solidement bâtie. J'avais du mal à croire qu'elle puisse vaincre à la lutte un homme de la taille de Bernard Wouters et le terrasser.

Dans le train de Paris, je suis restée longtemps à penser à Frédérique et surtout à ce qu'elle m'avait raconté sur son enfance à Liège ainsi que sur sa rencontre avec Bernard Wouters. Elle avait connu des malheurs qui auraient brisé n'importe qui à son âge – mais elle ne s'était pas laissé abattre, justement. Elle était parvenue à protéger ses sœurs pendant toute leur jeunesse, alors qu'elle-même n'était guère qu'une enfant.

Puis Bernard Wouters avait fait son entrée dans sa vie. Elle était un peu plus vieille que lui et avait été touchée par sa gaucherie, son absence d'arrivisme. Quand elle avait compris qu'il était bel et bien le petit garçon qu'elle avait vu en train de sucer son pouce derrière le comptoir de la boulangerie, quelque chose s'était éveillé en elle. Un sentiment maternel, le désir d'avoir de l'importance, une nouvelle fois, pour quelqu'un d'autre, d'exister pour cette personne. Elle savait que c'était ce pour quoi elle avait le plus de dispositions.

Elle avait permis à ses sœurs d'échapper à l'enfer et celles-ci n'avaient pas seulement survécu, elles avaient fort bien réussi dans la vie. Toutes deux avaient maintenant une famille, des beaux enfants, des maris normaux exerçant des professions parfaitement respectables.

Elle avait trente-sept ans. C'était maintenant qu'elle avait la chance d'une vie bien à elle. De montrer que s'occuper des enfants des autres, tous les jours, un certain nombre d'heures fixé à l'avance n'était pas la seule chose dont elle était capable. Même si elle ne devait jamais avoir d'enfant à elle, elle aurait un mari duquel s'occuper, un homme qui avait besoin d'elle.

Frédérique était sans conteste l'un des êtres les plus robustes que je connaissais. Elle avait même été de taille à mener à bien une vie conjugale avec un homme qui vivait dans son propre monde, un monde dans lequel elle ne pouvait espérer pénétrer. Un monde peuplé de personnages de romans qui n'étaient même pas les siens mais ceux de Simenon. Elle avait été dans l'obligation de reconnaître qu'elle n'avait pas eu d'autre fonction dans sa vie que de donner une fille à son mari. Mais elle n'avait pas été en mesure de lui apporter ce qu'elle désirait plus que tout au monde, la sécurité qui aurait pu faire de lui un grand écrivain, un nouveau Simenon. Elle n'avait pas été sa Tigy. Ni sa Mme Maigret. Elle n'avait même pas eu le droit d'être son amante.

Mais elle avait accepté son sort, elle avait compris qu'elle n'avait plus qu'à tenter de s'arranger pour que sa fille réussisse sa vie. C'était là une mission à remplir, au moins, et peut-être la plus importante qu'elle ait eue jusque-là.

Puis sa fille lui avait été arrachée et, avec elle, tout ce qui justifiait son existence. Comment cela avait-il affecté un être de la nature de Frédérique ? Conservait-elle une réserve d'énergie dans laquelle puiser ou celle-ci était-elle tarie ? La façon dont elle avait réagi au suicide de Marie-Jo plaidait plutôt en faveur de la seconde hypothèse. Qu'est-ce que cela impliquait, alors ? Combien de choses un être humain peut-il supporter ? Où passe la limite de résistance ? Par le meurtre ? Celui de Bernard avait-il été la façon qu'avait eue Frédérique de dire que cette énergie obstinée qu'elle avait en elle était irrémédiablement épuisée ?

Mais avais-je bien jugé Frédérique ? Ne m'étais-je pas laissé inciter à croire qu'elle était plus forte qu'elle ne l'était en réalité ? Peut-être n'était-elle, au fond, qu'un être brisé qui sauvait les apparences ?

Les pensées se bousculaient dans ma tête, tandis que le TGV fonçait à trois cents kilomètres à l'heure à travers la plaine couverte de givre qui s'étend de part et d'autre de la frontière franco-belge et passait sans s'arrêter devant des gares où, jadis, les trains s'immobilisaient dans un grincement de freins, laissaient descendre des passagers, en prenaient de nouveaux et repartaient. Cette nouvelle façon de voyager était un peu trop rapide à mon goût. Le TGV est certes une bénédiction quand on est pressé, si l'on veut tenter d'arriver à temps pour un scoop ou si l'on est trop stressé pour endurer le rythme de l'autoroute et les embouteillages du périphérique. Mais, en l'occurrence, j'aurais eu besoin de ces heures que les anciens trains mettaient à effectuer le trajet, d'aller passer quelque temps, au calme, au wagon-restaurant, y choisir un plat à mon goût et une demi-bouteille de vin que je me serais laissé servir par un garçon attentionné, sur une table blanche et une assiette en porcelaine : j'aurais eu besoin d'avoir le temps de réfléchir.

Telle que se présentait la situation, cette fois-ci, je n'ai pas eu le temps de grand-chose. Il faut dire que je n'avais que trois quarts d'heure à ma disposition avant que le train arrive gare du Nord. Or, j'avais besoin de ce temps pour prendre connaissance de certains papiers que Laurent Van Crugten avait glissés dans ma boîte aux lettres après que je l'eus appelé au téléphone pour lui dire que je m'apprêtais à partir pour Paris. Et il ne me fallait pas seulement réfléchir à l'état mental de Frédérique. J'aurais tout le temps de la voir en prison et je pourrais ainsi me forger une opinion qui serait plus solidement fondée que sur de simples spéculations.

Mais l'idée m'était soudain venue d'appeler Laurent. Je n'avais pas vraiment de nouvelle à lui annoncer, pourtant quelque chose me disait que je ne devais pas le tenir en dehors de cette affaire, lui laisser croire qu'il était oublié. Surtout pas en ce moment précis, où ni Claire ni Jean-Paul n'étaient en ville. Ils étaient partis pour ce séjour aux sports d'hiver que je leur avais offert en cadeau de Noël et que ni moi ni les parents de Jean-Paul n'avions jugé bon d'annuler.

– Ce n'est pas en restant à la maison que vous rendrez la vie à Marie-Jo, leur avais-je dit – et les parents de Jean-Paul m'avaient approuvée. C'est peut-être le moment de partir un peu, au contraire. Le trimestre qui vient promet d'être difficile.

Je ne pouvais m'empêcher de m'inquiéter pour le compte de Laurent. Sa réaction à la mort de Marie-Jo m'avait fait peur. Derrière son masque, il avait tout de l'animal blessé. Comment se sortirait-il d'une situation aussi difficile ? Il avait également un rude trimestre en perspective, en plus de son chagrin. Il étudiait la médecine à l'université de Bruxelles, l'une des matières les plus difficiles que l'on puisse choisir, à ce que j'ai compris. Ces jeunes-là forment une population très exposée au suicide, désastre qu'il faut moins imputer pourtant à la difficulté particulière de la discipline qu'à la règle qui veut qu'en Belgique ce soient les parents qui financent les études et se sentent par voie de conséquence autorisés à placer la barre de leurs exigences très haut. J'ai du mal à croire que l'habitude que nous avons prise de classer les étudiants à la fin de chaque année universitaire et de nous débarrasser de ceux qui ne soutiennent pas la pression nous permette d'obtenir des professionnels très qualifiés. Du moins dans les domaines où il s'agit surtout de bourrer de connaissances un cerveau réceptif.

Laurent m'avait manifesté sa confiance et je tenais à ne pas la décevoir. Il fallait absolument que je lise les papiers, ne fût-ce que dans les grandes lignes. Le trajet entre Bruxelles et Paris était peut-être la seule chance qui m'était offerte de le faire. Dans la capitale française, je serais accaparée par tout ce qui avait trait au meurtre de Bernard Wouters : visite sur le lieu du crime, interviews des personnes qu'il avait rencontrées, confrontation avec la police…

– Vous êtes la seule à qui je puisse montrer cela, m'avait dit Laurent au téléphone. Vous avez lu le roman de Marie-Jo. Et puis, personne d'autre ne comprendrait. J'ai pensé à mes grands-parents maternels, pendant un certain temps. Mais ce n'est pas possible. Ils sont trop vieux. Et vous connaissiez Marie-Jo, également. Aussi bien et peut-être même mieux que mes grands-parents. Ils sont très gentils, mais je ne crois pas que ces papiers leur diraient quoi que ce soit. Pas avec leur passé.

Je comprenais enfin.

– C'est donc chez tes grands-parents que vous vous rencontriez ? ai-je dit.

– Je vis chez eux, a dit Laurent.

– Et tes parents ?

– C'est totalement exclu.

C'est ainsi que j'ai eu un premier aperçu de la jeunesse de Laurent Van Crugten. Nous n'avons pas eu le temps de parler très longtemps, car j'avais pas mal de choses à préparer avant de pouvoir appeler le taxi qui allait me conduire gare du Midi. Mais ce bref délai m'a suffi pour comprendre pourquoi Laurent refusait absolument que ses parents soient informés de sa vie privée.

– Ils auraient tellement fait peur à Marie-Jo que je ne l'aurais jamais revue, m'a-t-il dit. De même qu'ils ont éloigné de moi tous mes camarades, quand j'ai commencé à en avoir. Et qu'ils ont fait disparaître ma petite sœur.

– Ta petite sœur ?

– Elle est morte à l'âge de six mois. Moi, j'avais cinq ans.

– Elle était malade ?

– Je me souviens comme elle était petite, dans son lit. Je l'ai d'abord prise pour une poupée en Celluloïd, tellement elle était pâle et silencieuse. Ensuite, je ne sais pas ce qui s'est passé. Un jour, elle n'était plus là. Ma mère l'avait emmenée à l'hôpital, une nuit, pendant mon sommeil. Je n'ai jamais osé leur poser la question. C'est seulement un sentiment que j'ai. Mon beau-père est un être mauvais. Il ne supporte pas les cris d'enfants. Pas plus que les enfants de façon générale, d'ailleurs.

– Tu crois donc que ?...

– Oui, a dit Laurent, je le crois.

– Je comprends que tu veuilles étudier la médecine, ai-je répondu.

ELLE AVAIT QUELQUE CHOSE A DIRE

Il s'avéra que les papiers que m'avait confiés Laurent Van Crugten étaient le manuscrit d'un roman de la main de Marie-Jo Wouters. Celui-ci était intitulé «Le Père de mes rêves» et parlait d'une jeune fille de Bruxelles, Nadine, victime de violences sexuelles de la part de son père. Mais, au fond, elle refuse de croire qu'il est vraiment son père, ainsi que l'affirme sa mère. Celle-ci est en effet une femme légère qui change d'amant aussi souvent que de coiffure – c'est-à-dire une fois par mois. Un jour, Nadine décide de se mettre en quête de son «vrai» père, dont elle pense, en son for intérieur, que c'est un homme bon et plein d'amour. Elle imagine alors toute une histoire où cet homme, ayant perdu sa femme dans un incendie, s'est jeté dans les bras de sa mère par désespoir.

Tandis que mon train se rangeait gare du Nord, je vibrais d'indignation. Même si je n'avais eu le temps de lire que le tiers du manuscrit, ce peu m'avait convaincue que j'avais affaire à un bon texte, à un texte excellent. Ce n'est pas tant l'intrigue – elle ne brillait pas spécialement par son originalité – qui motivait ce jugement que la faculté qu'avait l'auteur de se couler dans la peau de cette Nadine, de rendre sa douleur et ses états d'âme dans une langue sans apprêt. Il y avait longtemps qu'un texte littéraire n'avait produit un tel effet sur moi.

Si le thème directeur – la quête d'un père aimant – était le même que celui des *Confessions d'une jeune fille*, son roman de l'an dernier, le milieu et l'intrigue étaient différents. Dans l'ouvrage déjà publié, l'histoire se déroule d'abord dans les quartiers chauds de Paris et la jeune héroïne n'est pas la fille d'une femme légère mais celle d'une prostituée professionnelle. En outre, elle est elle-même prostituée. Il n'y est nullement question d'inceste et son problème est qu'elle ne supporte pas son souteneur. Dans l'espoir de mener un jour une vie indépendante et honnête, elle prend des cours de peinture auprès d'un homme d'âge mûr qu'elle admire et qu'elle aimerait avoir pour père. Il lui a dit que la Provence était le paradis des peintres et elle s'imagine qu'il a l'intention d'aller s'y installer avec elle, qu'il appelle « sa meilleure élève ». Mais, pour que ces projets deviennent réalité, il faut qu'elle se débarrasse de son passé, en d'autres termes : de son souteneur. Si jamais son professeur apprenait qu'elle a été prostituée, il ne voudrait d'elle pour rien au monde.

La tentative de meurtre sur la personne du maquereau échoue. Au moment où elle s'apprête à lui plonger une paire de ciseaux dans le cœur, sa mère fait son apparition dans la chambre qu'il loue pour elle rue Saint-Denis. La jeune fille, qui s'appelle déjà Nadine dans le premier roman, s'enfuit, prend le bus jusqu'au périphérique et tente de gagner le Midi en auto-stop. Elle ne pense plus qu'à une chose : la Provence. Il faut absolument qu'elle y aille. Si elle arrive jusque-là et parvient à s'y forger une existence d'artiste, elle pourra ensuite envisager de reprendre contact avec son professeur. Mais il faut d'abord qu'elle tire un trait sur son passé d'une autre façon, moins compromettante.

Un poids lourd finit par s'arrêter. Le chauffeur propose à Nadine de la prendre à bord et même de la conduire jusqu'à Arles. Elle croit dans un premier temps qu'il va vouloir se faire payer «en nature», mais elle se rend vite compte que c'est un homme convenable qui ne souhaite qu'un peu de compagnie. Même lorsqu'ils s'arrêtent dans un relais de routiers pour manger et dormir quelques heures, il s'abstient de toute suggestion de cet ordre et lui propose de prendre la couchette tandis qu'il se contentera du siège avant.

«Je n'avais pas du tout peur de lui, fait dire l'auteur à Nadine ; il émanait de lui une telle bonté ! On aurait dit que c'était le Sauveur en personne qui m'avait prise en stop.»

Au bout de cette histoire très sentimentale, Nadine trouve enfin un père. Le routier, qui n'a pas d'enfant, l'aide à s'installer à Arles avant de l'adopter. Elle se procure ainsi un nouveau nom et peut dire adieu à son passé. Par la suite, elle rencontre un étudiant des Beaux-Arts plus âgé qu'elle, un infirme qui ne se déplace qu'en chaise roulante. Ils se marient et gagnent leur vie en fabriquant de la céramique qu'ils vendent dans le local, mi-atelier mi-hall d'exposition, que le père adoptif de Nadine a acheté pour eux.

Nadine est heureuse. Elle se plaît dans son atelier, qu'elle a aménagé à la provençale, avec murs en terre cuite, sol dallé et tentures de couleurs vives. Son mari n'est certes pas en mesure de lui assurer une vie sexuelle, mais elle ne s'en soucie guère. Des hommes, elle en a eu assez comme cela. Les seules choses qui comptent pour elle, désormais, ce sont son atelier, la possibilité qui lui est offerte de se livrer à un art qu'elle sait posséder parfaitement et son affection pour son mari ainsi que pour son père adoptif.

Quelques minutes avant d'être obligée d'interrompre la lecture du «Père de mes rêves», j'ai appelé le numéro de Laurent Van Crugten sur mon portable. Il m'a confirmée dans mon sentiment : cette colère que j'avais sentie monter en moi au cours de la lecture du manuscrit de Marie-Jo Wouters était fondée. Le roman qui était paru sous son nom était pour l'essentiel dû à son père et non à elle. Marie-Jo lui avait demandé de l'aider à rédiger l'histoire qu'elle tentait d'écrire pendant la période où elle était pensionnaire à Saint-Hubert et Bernard avait saisi l'occasion. Sa fille nourrissait l'ambition de devenir écrivain, mais elle n'en avait pas les moyens et l'intrigue, à l'en croire, n'était pas convaincante. Grâce à son sens linguistique et à sa connaissance très poussée de la méthode de travail de Simenon, il pouvait lui apporter ce dont elle avait besoin. En outre, il disposait déjà d'un manuscrit inédit qui n'était pas très différent de ce que Marie-Jo avait en tête.

« Je veux bien t'aider, avait dit Bernard Wouters à sa fille, mais à une condition. C'est que tu situes l'action à Paris et non à Bruxelles et que tu supprimes les passages à propos des rapports du père et de la fille. Tu sais lesquels je veux dire. Toutes les histoires intéressantes se passent à Paris et tu risques de rebuter tes lecteurs éventuels si tu te permets des choses d'aussi mauvais goût. » Puis il lui avait donné son propre manuscrit avec ces commentaires : « Utilise-le, mais développe les passages concernant la fille de la prostituée. Tu peux parfaitement continuer à l'appeler Nadine, d'ailleurs. Et arrange-toi pour qu'elle trouve un père, un bon père qui fera tout pour elle ! »

– Marie-Jo a suivi ses conseils, m'a dit Laurent, parce qu'il lui avait fait comprendre qu'elle n'était pas assez douée pour s'en tirer toute seule. Mais, avec son aide, elle comptait s'imposer et devenir un écrivain célèbre. Pourtant, dès qu'elle m'a montré son propre livre, a-t-il poursuivi, j'ai compris que son père se trompait. C'était Marie-Jo qui était douée. Son père l'avait entraînée sur une mauvaise piste. Elle n'avait rien d'une sentimentale. Elle avait quelque chose à dire. Et elle était engagée. Dans quelque chose qui est d'une actualité brûlante. Et dont elle a, je crois, une expérience personnelle.

– Tu veux parler de rapports incestueux ? ai-je demandé. Qu'en penses-tu, Laurent ? Crois-tu que son père ait abusé d'elle ?

– D'après elle, non, a-t-il répondu. Pour ma part, je suis pleinement persuadé que, à un moment ou à un autre, elle a subi des violences sexuelles. Peut-être à un âge si tendre qu'elle ne peut pas en avoir gardé le souvenir précis ; le vécu, oui. Mais il y a sûrement quelque chose, je n'ai pas pu éviter de le remarquer.

– Cela se retrouve dans son texte, ai-je dit.

– Ce qui m'a révolté, aussi, a continué Laurent, c'est que le livre qui est paru se situait totalement en dehors du débat sur les abus sexuels qui a eu lieu l'an dernier. Marie-Jo aurait pu y contribuer de façon importante. Mais son père l'a privée de ça aussi.

– Tu es encore plus révolté que moi, Laurent. Mais tu as parfaitement raison de l'être.

– Je vais me débrouiller pour que la Belgique tout entière soit révoltée. Tous ceux qui ont voix au chapitre. On va savoir que Bernard Wouters a étouffé les dons de Marie-Jo et lui a fait perdre confiance en elle.

– Mais *Les Confessions d'une jeune fille* ont été un grand succès, n'ai-je pu m'empêcher d'objecter.

– C'était ce qui pouvait arriver de pire à Marie-Jo ! s'est écrié Laurent au bout du fil. Vous ne comprenez donc pas, madame De Decker ? C'est ça qui l'a persuadée que son propre manuscrit était dépourvu de valeur. Et qu'elle-même ne valait rien comme écrivain.

– Mais pourquoi s'est-elle laissé convaincre ? ai-je demandé.

– Parce qu'elle aimait son père, cette espèce de petite idiote, a répondu Laurent au bord des larmes.

C'EST UNE HISTOIRE A LA SIMENON

Tous mes collègues n'apprécient pas mes méthodes de travail. Ils trouvent que je devrais me préparer un peu mieux, ne pas me lancer tête baissée, prendre des rendez-vous et, au moins, retenir mes chambres d'hôtel. Sur ce dernier point, il m'est arrivé de leur donner raison. Il n'est pas extrêmement futé, par exemple, de partir pour Paris sans savoir où l'on va loger. Les reporters ont besoin d'une base arrière où ils peuvent disposer d'une table de travail, être servis dans la chambre, prendre une douche et – surtout – avoir un bon lit. Les heures risquent d'être longues et de s'ajouter les unes aux autres si, comme je m'obstine à le faire, on se poste à l'affût de la nouvelle à sensation ou, simplement, on attend que la personne à interviewer, avec laquelle on a omis de prendre rendez-vous, sorte soudain de sa tanière juste sous votre nez.

Pourtant, je persiste depuis des années à utiliser ma méthode. Elle a fait ses preuves dans la plupart des cas. On dirait que je ne travaille jamais aussi bien que lorsque je ne sais pas ce qui va se passer, que j'ai besoin de la liberté d'agir de façon impromptue ou, pour employer une expression assez éculée, de fonctionner à l'intuition.

Lorsque je suis arrivée à la gare du Nord, en ce jour de janvier, je n'avais ni retenu de chambre ni pris rendez-vous avec qui que ce soit. Un collègue plus prévoyant ou organisé se serait sans doute assuré d'être reçu un moment par la police parisienne. Ne serait-ce que pour gagner du temps, aurait-il argué. Et arriver d'autant plus tôt sur son prochain lieu de travail. Malgré tout, nous vivons à une époque où chaque minute compte, «celle des spots télévisés», comme dit Marc. Et où mieux que dans les temples des médias peut-on constater que les êtres humains ne supportent plus leur propre présence ?

Je me suis donc rendue à la centrale de réservation de la gare pour demander qu'on me trouve une chambre quelque part sur la rive droite, «de préférence à Montmartre». Mais j'ai aussitôt payé ma superbe au prix fort : il n'y avait pas une seule chambre de libre ce jour-là, du moins dans les coins de Paris que je souhaitais et avec le niveau de confort que je considérais comme nécessaire. Ne savais-je pas que se tenait le Salon de l'informatique et que «tout un tas d'étrangers» saisissaient l'occasion de voir les dernières nouveautés ? Et de profiter des plaisirs de Montmartre par la même occasion ?

– Je l'ignorais, ai-je dû avouer à ma courte honte à la jeune personne d'une vingtaine d'années un tantinet pimbêche qui se tenait derrière le comptoir. J'aurais dû le savoir, d'après vous ?

– Je croyais vous avoir entendue dire que vous étiez journaliste, a-t-elle répliqué avec un sourire un peu pincé de sa bouche violet foncé.

Mais ce qu'elle aurait voulu pouvoir me cracher à la face, en réalité, c'était une phrase bien sentie laissant entendre que les bonnes femmes étourdies de mon espèce n'ont rien à faire à Paris et devraient rester chez elles, au calme, à tricoter de la layette pour leurs petits-enfants ou promener le chien. J'avais déjà rencontré cette attitude un certain nombre de fois, ces dernières années. Et Claire, auprès de qui je m'étais prudemment informée, m'avait affranchie carrément :

– Mais enfin, maman, tu comprends bien que personne ne peut croire que tu es *aussi active que ça*. Tu as quand même plus de cinquante ans, non ?

D'après ma fille, la vie est, de nos jours, découpée en tranches très nettement distinctes. Une première limite se situe à l'âge de vingt-cinq ans, une autre à celui de trente. Jusqu'à vingt-cinq ans, la femme est désirable, tant sur le marché de la chair que sur celui de la profession. Jusqu'à trente, elle est encore acceptable, surtout si elle n'a pas d'enfant. Mais après, c'est terminé. C'est pourquoi il est bon qu'elle patiente jusque-là pour avoir de la progéniture. Ensuite, il ne lui reste plus qu'à se résigner à attendre gentiment la mort. Pauvres jeunes femmes d'aujourd'hui ! Dans quelle affreuse peur de la mort doivent-elles vivre !

– Mais, bien entendu, poursuivit la bouche violet foncé, si (à votre âge) vous acceptez une chambre au quatrième sans ascenseur et avec douche et W.-C. dans le couloir, je pourrai peut-être faire quelque chose pour vous.

Je suis parvenue à réfréner la réplique que j'avais sur le bout de la langue. Il fallait lui pardonner, à cette jeunette. Peut-être n'avait-elle même pas reçu une véritable formation et avait-elle été avalée toute crue par la dure vie de la grande métropole, qui l'avait laissée en proie au « jeunisme ». Et j'étais la dernière à pouvoir lui faire des reproches, moi qui ne savais même pas qu'il y avait un Salon de l'informatique à Paris au même moment. En outre, elle n'avait pas dit cela de façon *volontairement* offensante, c'était peut-être moi qui, encore sous le coup du manuscrit de Marie-Jo Wouters et de la conversation que je venais d'avoir avec Laurent Van Crugten, avais été un peu susceptible.

– Non, merci, ai-je dit, en espérant me montrer aussi compréhensive que je l'étais pour de bon. Il est plus important pour moi d'avoir une chambre qui me convienne que de loger rive droite. Il y a un métro, ici. Je pourrai toujours aller jusqu'à Montparnasse, s'il le faut. Ou à Saint-Germain-des-Prés.

– Eh bien, dans ces conditions… Un instant, je vais voir si j'ai quelque chose.

Une heure plus tard, environ, je m'installais à l'*Hôtel du Jardin des Plantes*, rue Linné, sur la rive gauche. La chambre n'était certes pas parfaite en tant que lieu de travail : le bureau était minuscule, au point que mon ordinateur portable y trouvait à peine place, et l'éclairage était mauvais. Mais elle était propre et agréable, il y avait un poste de télévision avec magnétoscope et, de ma table, j'avais vue sur une cour en forme de parc qui, en été, devait être magnifique, avec ses arbres et buissons en fleurs, mais qui, en ce moment, était couverte d'une mince couche de neige. En outre, la gentille réceptionniste avait promis de me fournir en café et sandwichs à la demande.

– Mais vous préférez peut-être une bouteille de vin ?

Quelques semaines plus tôt, j'aurais sans doute accepté cette offre. Je m'étais mis dans la tête que le vin stimulait ma créativité. Mais, depuis que j'avais rencontré Marc, il m'était arrivé cette chose étrange que j'avais perdu tout intérêt pour les vertus stimulantes du vin. L'alcool ne me procurait plus le même *kick*. Le vin était redevenu une boisson à consommer au repas, point final.

Je n'ai pas honte de reconnaître que la première chose que j'ai faite, en arrivant dans la chambre, a été de m'allonger sur le lit, de fermer les yeux et de laisser vagabonder mes pensées. Ce que j'appréciais surtout, au fond, c'était sans doute le fait qu'elle ne donnait pas sur la rue. Les coups de klaxon furieux ne risquaient pas de perturber mes réflexions ni les bennes à ordures de me réveiller à cinq heures du matin. Peu importait, en définitive, que, pour rivaliser avec le grand naturaliste suédois, le décorateur se soit livré à une orgie de fleurs : tapisserie, rideaux, couvre-pieds, tableaux, tout était conçu pour donner au locataire l'impression de se trouver dans un jardin en fleurs.

Presque instantanément, je me suis replongée dans *Les Confessions d'une jeune fille*, le livre que Gallimard avait publié sous le nom de Marie-Jo Wouters mais qui, de fait, était essentiellement de la main de son père, à en croire Laurent Van Crugten. J'étais en compagnie de Nadine, l'héroïne, au *Happy Girls*, boîte de strip-tease de la rue Saint-Denis. C'est sa première visite en un tel lieu, elle est surprise qu'il soit aussi bien tenu et sente si bon. S'il n'y avait pas une légère odeur de parfum et de tabac de qualité, elle pourrait se croire dans sa chambre de jeune fille juste après qu'on y a fait le ménage, se dit-elle.

Tandis qu'elle se demande à quelle porte frapper, dans ce couloir revêtu d'un épais tapis, afin de retrouver sa mère, dont elle se doute qu'elle est dans l'une de ces chambres en compagnie d'un client, un homme vient vers elle. Il ne lui fait pas peur, il l'attire même d'une façon qu'elle ne saurait expliquer. Et, sans qu'elle ait compris comment c'est arrivé, il l'engage. Elle a seize ans. Sa jeunesse et sa fraîcheur sont précisément ce que recherchent les clients de l'établissement.

Quand la mère surgit, un moment plus tard, et comprend ce qui s'est passé, elle est furieuse. Mais il est trop tard. Nadine fait déjà partie du personnel, à des conditions bien plus favorables que sa mère n'en a jamais obtenu. Elle n'a pas pu résister.

A ce moment-là, je n'ai pu résister, moi, au besoin d'allumer une cigarette. Je suis en principe hostile au fait de fumer au lit, mais la nicotine m'aide à réfléchir lucidement. Je venais de voir, en esprit, la mère de Nadine s'avancer vers elle pour lui asséner une gifle retentissante. En même temps, j'avais le sentiment très net d'être sur la piste de quelque chose d'important, de central. Il fallait donc que je prenne les choses calmement, que je reste allongée les yeux fermés, que j'inspire lentement la fumée de cigarette et que j'attende l'étincelle, dont mon expérience me disait qu'elle mettrait en action mes cellules nerveuses et mes dendrites.

La mère. Nadine. Comment s'appelait la mère, déjà ? Cette femme qui fait pâlir Nadine et la relègue au royaume des ombres ?

Quelle idiote avais-je été de ne pas amener avec moi, à Paris, *Les Confessions d'une jeune fille* !

Je me suis mise sur mon séant et j'ai cherché partout mon portable. Mais il était là, juste à côté de moi, je ne l'avais pas posé sur le bureau, tout compte fait, je l'avais gardé près de moi, à côté de l'oreiller, en prévision.

Il fallait que j'appelle Marc.

J'ai eu de la chance et j'ai réussi à le toucher juste entre deux consultations.

– Je t'accorde deux minutes, m'a-t-il dit. Le patient suivant est annoncé. Deux minutes, pas plus. Sœur Marguerite ne plaisante pas.

Marc chéri ! Il suffisait que j'entende sa voix chaude pour avoir la chair de poule et pour que mon cœur se mette à battre la chamade. C'était invraisemblable ! A cinquante-trois ans ! Presque cinquante-quatre ! Mon corps réagissait comme celui d'une gamine.

Notre rencontre, avant mon départ pour Paris, aurait pu être un de ces rendez-vous d'amour dont j'ai toujours rêvé mais que je n'ai pas encore connu. Tout avait parfaitement commencé. Nous nous étions retrouvés chez lui, où il m'avait invitée pour un dîner qu'il avait préparé lui-même : chevreuil à la gelée de sorbes et petites pommes de terre grillées, un bon cabernet sauvignon et, en dessert, sorbet au citron bien glacé accompagné d'un gâteau de Savoie nappé de coulis de framboises. Il avait ri des efforts que j'avais déployés pour résister à la tentation.

– Les femmes doivent être bien en chair, a-t-il dit. Plus elles le sont, plus elles sont sensuelles.

Quel soulagement ! Il faudrait que je serve cet avis très autorisé à Claire ! Que savait-elle de la sensualité ? Dorénavant, j'écarterais respectueusement aussi bien les « bons conseils » de ma fille que les diktats d'une mode imposant aux femmes une minceur qui n'a rien de naturel. Mais, au moment où nous allions nous glisser entre les draps, le téléphone de Marc avait sonné. C'était Léon, son frère. Et Marc avait cédé, refusant de « laisser tomber Léon ». Ce ne seraient pourtant pas les occasions de lui venir de nouveau en aide qui manqueraient !

J'ai fait tout mon possible pour respirer calmement, au bout du fil. Il serait absurde d'utiliser les deux minutes que Marc avait mises à ma disposition à des déclarations d'amour.

– Marc, lui ai-je donc dit sur un ton que j'espérais aussi neutre qu'il sied à un reporter. Est-ce que, par hasard, tu aurais eu le temps de terminer *Les Confessions d'une jeune fille*, le roman de Marie-Jo Wouters ?

Je lui avais prêté le livre avant de partir, lui demandant de le lire.

– Je viens de le terminer. Il est sur mon bureau.

– Alors tu te souviens certainement du passage au cours duquel Nadine reçoit un client chez elle, rue Saint-Denis. C'est à peu près au milieu du livre. Il l'a rencontrée au bordel, a été attiré par elle, mais le milieu le rebute. Il n'arrive pas à supporter tous ces bruits, ces rires et ces gémissements qui lui parviennent des chambres voisines ni la musique qui sort d'un haut-parleur pendu au mur. Une affreuse guimauve musicale. Il lui promet alors de la payer le double si elle l'emmène chez elle. A moins que ce ne soit le triple, je ne sais plus.

– Très intéressant.

– Pourquoi ?

– Je te rappelle que j'ai rédigé un article sur Simenon.

– Tu as donc remarqué cela ?

– Si tu veux dire que l'homme qui vient au bordel s'appelle Georges et la mère de Nadine Simone, la réponse est oui. Mais ça ne s'arrête pas là.

– Quoi donc, Marc ?

Je bouillais d'impatience. Il m'avait accordé deux minutes.

– C'est une histoire à la Simenon. Elle pourrait être de sa main. En tout cas, elle a été écrite par quelqu'un qui connaît son Simenon.

– Continue !

– Le milieu. La prostituée provocatrice. L'homme livré à ses désirs et envers lequel le lecteur ressent, malgré lui, une étrange sympathie. La tension entre l'homme et la prostituée. La violence dans l'air. La prostituée humiliée.

– Mais ?...

– L'histoire ne tourne pas comme il faut. J'étais certain qu'elle se terminerait sur le meurtre soit de Georges soit de Nadine. Georges a tout ce qu'il faut pour être une victime. Il aurait très bien pu, par exemple, être abattu par le souteneur, qui écoute à la porte. Ou tuer Nadine pour se venger de son impuissance. Mais rien de cela n'arrive. A la place, on nous sert une histoire d'amour dégoulinant de bons sentiments. Et en Provence, par-dessus le marché. Mais il faut dire que ce n'est pas Simenon qui l'a écrite, même pas Bernard Wouters, son épigone, mais la fille de celui-ci. Une adolescente de quinze ans qui n'a pas eu le temps de se laisser imprégner par Simenon comme son père.

– En fait, c'est Bernard Wouters qui a écrit le livre, ai-je dit.

– Tu en es sûre ?

– A quatre-vingt-dix-neuf virgule quatre-vingt-dix-neuf pour cent.

– Mais alors, pourquoi ce jeu de cache-cache ?

– Bernard Wouters avait compris que sa seule chance d'être publié était de faire passer son livre pour l'œuvre de Marie-Jo. Parce que ce que veulent les éditeurs, ce sont des écrivains qu'ils peuvent modeler à leur guise. De jolies jeunes femmes présentant bien à la télé et non pas des vieux machins comme lui. Sa fille devait réussir là où il avait échoué lui-même.

– On en apprend tous les jours.

– Les deux minutes sont largement écoulées, Marc. Il faut qu'on raccroche. Mais, d'abord, tu dois savoir que tu es un formidable *sparring partner*. Tu m'as confirmé que j'étais sur la bonne piste. Je file rue Saint-Denis pour tenter de retrouver cette Nadine. Je suis certaine qu'elle existe dans la réalité. Rappelle-toi : rue Saint-Denis, dans le 1er arrondissement. Au cas où il arriverait quelque chose.

Mais, avant d'aller prendre le métro, j'ai glissé dans le magnétoscope la cassette que j'avais amenée de Bruxelles et visionné une nouvelle fois le reportage télévisé.

J'AI EU COMME UN PRESSENTIMENT

On avait à peine eu le temps d'emporter le cadavre de Bernard Wouters de l'impasse Saint-Denis, la ruelle où on l'avait retrouvé étranglé dans la neige fondue, que les médias parisiens étaient sur place : la télévision, la radio, *Paris-Match*, les journaux de boulevard et même *Le Monde*. Bernard Wouters était connu à Paris comme critique. On le considérait comme incorruptible, en particulier lorsqu'il s'agissait de juger la littérature belge francophone. Les caméras de la télévision avaient montré ce sordide boyau, derrière *La Lambada*, puis panoramiqué vers la rue Saint-Denis, ses cafés, sex-shops, boîtes de strip-tease et peep-shows. Elles avaient ensuite pénétré dans *La Lambada*, s'étaient arrêtées devant le bar et avaient fixé pour la postérité Patrick, le barman, en train de rincer des verres à son comptoir.

– Pourriez-vous nous dire quelques mots à propos de la visite du défunt dans votre bar, monsieur Patrick ? demandait dans ce reportage enregistré sur bande vidéo un journaliste au nez pointu âgé d'environ trente-cinq ans.

Patrick avait eu un sourire de conspirateur à l'intention de la caméra. Il était évident qu'il était flatté de passer à la télévision et n'avait pas l'intention de gaspiller pareille chance d'élargir le cercle de sa célébrité.

– Volontiers. Qu'est-ce que vous voulez savoir ?

– M. Wouters était-il fatigué ? Déprimé ? Peut-être même exaspéré ?

Patrick avait froncé les sourcils.

– Ça dépend.

– Qu'est-ce que vous voulez dire ?

– Il n'était pas pareil les deux fois, c'est sûr. La première fois, il ne disait rien. On aurait dit qu'il était inquiet. Comme vous avez dit : déprimé. Il n'a pas dit grand-chose mais il était clair qu'il voulait une femme. Comme si je m'occupais de ce genre de choses, moi ! Mais je peux vous dire qu'il n'y a pas plus respectueux que moi des lois et des règlements, sur la terre. Je pourrais…

Le reporter lui avait alors coupé la parole.

– Nous parlons de la veille du meurtre, n'est-ce pas ? Comment est-ce que ça s'est terminé ? Est-ce qu'il a fini par en avoir une ?

– Comment est-ce que je le saurais ? J'ai bien vu qu'il avait de la compagnie quand il a quitté le bar. Mais si vous voulez savoir de quel genre de femme il s'agissait, faut vous adresser à quelqu'un d'autre.

Patrick souriait de contentement de lui-même au point qu'on ne voyait presque plus son visage rasé de près. Mais il n'était pas venu à l'idée de cet homme à l'imagination pourtant fertile qu'il aurait mieux passé à l'écran s'il n'avait pas ouvert la bouche aussi grande et montré une mâchoire à la fois édentée et en très mauvais état.

– Elle ne serait pas connue sous le nom de « la Cicatrice », par hasard ?

– Je vois que vous êtes renseigné. Plus que moi, en tout cas. Laissez-moi réfléchir. Peut-être bien que oui, après tout. Mais, vous savez, j'ai autre chose à faire que de surveiller qui est-ce qui file avec qui.

– Qui file ? Il n'a pas payé sa note ?

– Non, c'est pas ce que je veux dire. Bien sûr qu'il a payé ce qu'il devait. Cette fois-là, en tout cas.

– Vous pouvez préciser ?

– Je vous ai déjà dit qu'il était revenu. Juste avant qu'on le retrouve le nez en l'air, là, derrière. Et cette fois-là, il était pas à prendre avec des pincettes. Il est arrivé avec une des femmes les plus plantureuses que j'aie vues. Elle a dit qu'elle avait faim et m'a demandé de lui donner le menu. Mais on ne sert pas à manger, ici, rien que des petits en-cas, comme dans tous les bars.

Patrick a alors pris un bol d'olives noires qu'il a tendu en direction de la caméra en le faisant pivoter sur la pointe de ses doigts, en sorte que ses chicots avaient l'air de décrire un mouvement de rotation au milieu des olives.

– Et puis elle a voulu du champagne. « Ma fille est morte, a crié le type qui allait se faire assassiner, et vous voulez boire du champagne ! » Elle a éclaté de rire de façon drôlement déplaisante. C'est vraiment quelqu'un de très déplaisant, je peux vous le garantir. Rien que ses cheveux. Rouge sang. J'ai eu comme un pressentiment. Et je me trompe rarement, dans ces cas-là.

– Elle l'a eu, son champagne ?

– Elle a changé d'avis quand elle a su combien ça allait coûter. Et je crois qu'elle a compris que celui qui allait être tué n'avait pas l'intention de le payer. Alors elle a pris un calva, elle aussi. Et elle fumait comme un pompier et allumait des gauloises les unes après les autres.

– Une dernière question avant de vous rendre à vos occupations, monsieur Patrick. Cette femme plantureuse, diriez-vous que c'était une Parisienne ?

– Elle était Belge. Ça s'entendait dès qu'elle ouvrait la bouche. Et j'ai entendu le type qui allait être tué parler de

Bruxelles et lui dire qu'elle était cuite pour de bon, là-bas. Oui, c'est ça. Et puis quelque chose à propos du clair de lune. Comme quoi y aurait plus jamais de clair de lune avec elle. Y a des types, je vous jure, c'est à rien y comprendre. Se promener au clair de lune avec une bonne femme pareille ! Et pourtant, ça fait vingt ans que je suis dans le métier, j'en ai vu des vertes et des pas mûres, vous pouvez me croire. Y en a de tous les genres et de toutes les couleurs, des gens, des qui sont bien et des qui le sont beaucoup moins. Le jeune homme qui l'a aidé à sortir, par exemple, c'est un type bien, lui. Poli, serviable. Si y avait pas eu…

La caméra a poursuivi son chemin et enfilé la rue Saint-Denis grouillante de monde jusqu'au commissariat de police le plus proche. Là, gros plan sur un agent à la mine renfrognée qui sortait, jambes écartées. A la différence de ce bavard de Patrick, il avait l'air gêné de passer à la télévision.

– Oui, j'ai reconnu l'individu, a-t-il répondu avec le sens du devoir qui le caractérisait.

– Expliquez-vous.

Cela commençait mal. Il y avait quelque chose chez cet agent qui défiait le reporter. Et l'on voyait aussi très bien qu'il avait du mal à masquer son irritation. J'ai des choses plus importantes à faire que de répondre à vos questions perfides, disait sa mine, bien qu'il se maîtrisât.

– Je l'ai rencontré hier. La rue Saint-Denis fait partie de mon secteur. Je passe par là plusieurs fois par jour, quand je suis de service, a-t-il marmonné.

– Et vous avez immédiatement soupçonné un crime ?

– C'est le devoir de tout agent de police de tirer au clair ce qui lui paraît bizarre. Y compris les accidents.

– Précisément. M. Wouters pouvait très bien avoir glissé et perdu connaissance à la suite de sa chute. Il était peut-être encore en vie, quand vous l'avez découvert ?

– Il était probablement déjà mort. Comme l'a confirmé le médecin que j'ai fait venir. Il a été étranglé.

– Comment avez-vous vu qu'il avait été étranglé ?

– J'ai déjà vu des personnes ayant péri par strangulation.

– Soyez plus précis, monsieur Fabre.

– Quelqu'un qui a été étranglé présente des traces sur la gorge. En plus, cet homme s'était mordu la langue.

– Il semblerait qu'il ait été sous l'influence de l'alcool.

– Il n'entre pas dans mes attributions de procéder à une prise de sang.

– Vous ne voulez pas faire preuve d'un peu plus d'esprit de coopération, monsieur Fabre ? Nous savons que, juste avant d'être assassiné, M. Wouters était à *La Lambada* en compagnie d'une femme. Et, toujours d'après nos informations, qu'il y a pris plusieurs calvados.

– Ça ne suffit pas toujours pour être en état d'ébriété.

– Et hier ? Était-il ivre, cette fois-là aussi ?

Il n'était pas étonnant que M. Fabre ne se montre guère coopératif. Plus les minutes passaient, plus il avait l'air mal à l'aise et de mauvaise humeur. Ce n'était d'ailleurs pas de l'excellent journalisme. Au fil des années que j'ai passées dans la profession, j'ai acquis la conviction que ce qu'on appelle « interview à la mitrailleuse » n'est pas très satisfaisant. Dans ces cas-là, le journaliste cherche plus à se mettre lui-même en valeur qu'à se procurer des informations. Les formules trop percutantes risquent de bloquer la personne interrogée. Et c'était ce qui arrivait à M. Fabre. S'il ne s'était pas trouvé devant une caméra de télévision, il aurait sûrement craché quelque propos venimeux avant de s'éloigner rapidement. Étant donné les circonstances, il ne pouvait se le permettre. La seule solution, pour lui, était de tenter de garder son calme. Après tout, c'était un simple agent de police, il n'était pas chargé de l'enquête. Ce n'était pas à lui de tirer des conclusions. Pour comble de malheur, le reporter tentait de lui faire dire des choses qui dépassaient sa pensée. Mais il tombait sur un bec. L'agent n'était pas né de la dernière pluie.

– Je suppose qu'il était un peu dans les vignes du Seigneur, comme la plupart des touristes.

– Comment savez-vous qu'il s'agissait d'un touriste, monsieur Fabre ?

– Dans le quartier, y en a pas mal.

– Y a pas mal de prostituées, aussi. Est-il exact que M. Wouters ait tenté de pénétrer de force chez une d'entre elles hier soir ?

– C'est faux, a répondu sèchement M. Fabre. Il n'a pas essayé de pénétrer de force. Il a sonné.

– Mais elle ne l'a pas laissé entrer ?

– Non.

– Connaissez-vous la femme en question ?

– Tout le monde la connaît, par ici.

– Tout le monde sait aussi ce qui lui est arrivé. Elle n'est pas surnommée « la Cicatrice » pour rien. Chacun est au courant de l'agression qui a détruit son beau visage. Et chacun sait à quel point elle est prudente dans le choix de ses clients. Diriez-vous qu'elle avait des motifs d'avoir peur de M. Wouters ?

– Non.

La mesure était pleine. Mais ce reporter si agressif semblait ne s'apercevoir de rien. Il voyait le visage de l'agent se fermer de plus en plus et entendait ses « non » de plus en plus secs. Comment pouvait-il donc s'imaginer qu'il allait, de cette façon, parvenir à lui faire révéler quelque chose d'important ? Qu'un homme eût été assassiné dans un quartier dont le reporter se plaisait à souligner le caractère peu respectable ne signifiait pas nécessairement que c'était une prostituée la coupable. Ou un souteneur.

Et cela ne manqua pas.

– Je suppose que « la Cicatrice » a un... protecteur ?

– Demandez-lui vous-même.

– Vraiment, monsieur Fabre ? Ce n'est pas ce que j'appelle faire preuve d'esprit de coopération. Toutes les prostituées ont un maquereau. Et si quelqu'un dans ce quartier a des raisons d'en avoir un, c'est bien « la Cicatrice ». Vous qui passez par ici plusieurs fois par jour, quand vous êtes de service, comme vous dites, vous...

Là, j'ai appuyé sur le bouton marqué « stop » et éteint la télévision. Je n'avais pas besoin d'en voir plus. En tout cas, pas pour procéder à deux interviews très pressantes. Je voulais d'abord savoir ce qu'avait à dire la prostituée de la rue Saint-Denis, celle qui était connue sous le nom de « la Cicatrice ». Avec un peu de chance, elle connaîtrait la Simone des *Confessions d'une jeune fille*. A moins que ce ne fût elle.

Ensuite, je voulais trouver la Belge aux cheveux rouges, celle qui voulait boire du champagne après avoir appris la mort de Marie-Jo Wouters. Et qui ne ferait plus jamais de promenade au clair de lune avec le père de celle-ci.

PEUT-ÊTRE MÊME COMPLÈTEMENT ROULÉE

Je ne tiens pas mon journal intime sur ordinateur. C'est un instrument de travail qui convient aux reportages et autres textes rapidement écrits et destinés à ne pas durer. Un vrai livre, même s'il prend appui pour l'essentiel sur un reportage, doit grandir lentement. Écrire un livre est, pour moi, un processus magique, une façon de communiquer avec un autre moi, mon ange gardien, comme je l'appelle toujours. J'entre en contact avec lui par l'intermédiaire des touches de ma machine à écrire, mais il est vite effarouché par la lueur de l'écran de l'ordinateur.

Parfois, il est facile de le joindre : il suffit que j'enlève le capot de la machine, que je branche le courant, et il est là, désireux de me mettre à l'œuvre. Parfois, il faut que je m'y prenne de façon plus subtile. Il résiste, déclare qu'il est fatigué, se retire dans un coin et m'accuse de trop lui en demander. Ces fois-là, il m'arrive de glisser une douzaine de feuilles dans la machine et d'écrire cinq mots ou cinq phrases sur chacune d'elles avant de les jeter au panier. Seule, je ne parviens pas à produire quoi que ce soit de qualité. Seule, je suis livrée au doute et, à certains moments, à quelque chose qui ressemble à de l'angoisse.

C'est précisément ce qui vient de se passer. Je suis entrée dans mon bureau, j'ai refermé la porte derrière moi, allumé une bougie, mis le téléphone en position silencieuse, bu une gorgée du thé que je m'étais préparé et qui attendait sur la table. Je pensais que la rencontre avec Delphine Lecœur, la prostituée de la rue Saint-Denis, serait du goût de mon ange gardien, que la collaboration fonctionnerait entre nous et que nous trouverions les termes qu'il fallait, les formules qui s'imposaient. Mais le contact ne s'est pas établi. J'ai eu beau faire mon possible, mes doigts ne trouvaient le chemin que des mots les plus banals. Je n'ai pas l'intention de les reproduire ici, même s'il est tentant de montrer à quel point un écrivain travaillant comme moi court le risque d'être bloqué et quasiment impuissant. Je préfère épargner cette pénible expérience à mes lecteurs autant qu'à moi.

Qu'est-ce donc qui n'allait pas ? Pourquoi mon ange gardien refusait-il de se manifester ?

Il m'a fallu un bon moment avant de comprendre ce qui se passait. J'ai été forcée de faire le tour de l'appartement, de m'occuper un peu de mes plantes vertes, de caresser Spinoza sous le menton et de me préparer une nouvelle tasse de thé avant de me rendre compte que ce que j'essayais de faire et de forcer mon ange gardien à accepter était un mensonge, en réalité. Je tentais de lui faire croire que j'étais ressortie intacte de ma rencontre avec Delphine Lecœur et que j'étais ensuite allée m'asseoir au café le plus proche, en pleine possession de mes moyens, que j'avais bu mon espresso et un grand verre d'eau frappée, noté mes impressions sur un bloc-notes puis continué mon chemin comme si de rien n'était. En d'autres termes, que j'avais agi comme doit le faire un bon reporter : avec réceptivité et objectivité.

Objectivité ? Non, là j'exagère. Il y a longtemps que j'ai compris qu'un reporter et, plus encore, celui qu'il interviewe, sont toujours subjectifs et doivent avoir le droit de l'être. Et il faut que cela puisse se voir dans le produit fini, l'interview telle qu'elle sera publiée. Nous avons beau nous cuirasser, nous sommes toujours plus ou moins manipulés par la personne que nous interrogeons, par le ton de sa voix, sa mimique, son langage corporel, son odeur, son habillement, son entourage. Je connais une femme écrivain suédoise – désormais mondialement célèbre – qui travaille aussi comme reporter. Elle fait toujours très attention à placer les livres « qu'il faut » sur sa table basse et à son chevet lorsqu'elle attend la visite d'un journaliste. Et elle veille également à s'habiller d'une façon qui convienne au contenu de ce qu'elle publie.

Delphine Lecœur ne m'a pas dupée de la sorte. Elle n'était pas assez sophistiquée pour cela. Mais elle m'a quand bernée, j'ai fini par le comprendre. Quant à savoir comment elle s'y est prise, je suis toujours incapable de le dire. Nous nous sommes soudain retrouvées assises sur son canapé, avec le chien de berger appelé « le Loup » à nos pieds, en train de siroter du vinho verde et d'échanger des confidences.

– J'avais honte d'avoir une mère qui travaillait dans un bordel, m'a dit Delphine. Mais, en même temps, cela m'attirait étrangement. C'était là que j'avais mes amis, en particulier une fille qui s'appelait Liliane. C'était à elle que je me confiais, quand j'avais des soucis, parce qu'elle avait une très grande expérience des gens et savait s'en servir. Elle m'a beaucoup appris, Liliane.

– C'est curieux, ce que tu dis, ai-je admis. Cela me rappelle ma propre adolescence. Moi aussi, j'ai travaillé dans un bordel, près de la gare centrale de Bruxelles. Non pas comme prostituée, mais comme réceptionniste. L'établissement était camouflé en hôtel ordinaire. J'avais été contrainte de quitter l'école parce que mon père était tombé malade et ne pouvait plus subvenir à nos besoins. Du coup, j'avais perdu les amies que j'avais à l'école, parce qu'elles ne désiraient plus fréquenter une simple réceptionniste. Mais je m'en suis fait de nouvelles. Comme toi, j'ai vite compris quelle expérience de la vie et quelles ressources de sympathie ces femmes possédaient. J'en ai eu une preuve supplémentaire quand il s'est avéré que j'étais enceinte. Ce sont elles qui m'ont conseillé de garder l'enfant et de ne pas aller trouver une faiseuse d'anges. Plusieurs d'entre elles avaient subi l'avortement et en étaient sorties plus ou moins marquées pour la vie. Elles m'ont aussi aidée financièrement à passer cette période difficile. J'avais seize ans.

– J'avais seize ans, moi aussi, au moment décisif, m'a dit Delphine en me servant un nouveau verre de vin. Je venais de parler avec Liliane et j'étais en train d'attendre que maman soit libre. Pour que tu comprennes ce qui s'est passé ensuite, il faut que je te dise que je n'ai jamais eu de père à admirer. Maman se gardait de tout rapport avec les hommes sur le plan personnel. Elle n'arrêtait pas de me dire que les hommes l'écœuraient. Naturellement, elle avait aussi un protecteur, un souteneur si tu préfères, mais elle parvenait à le maintenir à distance. Il n'avait pas le droit de venir chez nous. Mais, cette fois, il était là, à quelques mètres de moi, dans le couloir sur lequel donnait la porte de la chambre où maman «recevait». Il ne m'a bien sûr pas dit qui il était, il m'a simplement demandé si on attendait la même personne. «Je sais bien que Charlotte est ta mère, m'a-t-il dit, mais je n'aurais jamais imaginé qu'elle avait une fille aussi belle. Si on allait prendre un verre quelque part, tous les deux. Qu'est-ce que tu en dis?» C'était la première fois qu'un homme me disait que j'étais jolie. Maman m'avait mise en garde contre les hommes d'âge mûr – «ce sont tous des pervers» – et les garçons que je connaissais n'avaient pas encore appris l'art des compliments. C'était aussi la première fois que quelqu'un m'offrait quelque chose. Je me suis soudain sentie adulte, tu comprends. Mais, en même temps, je n'étais qu'une gamine, en compagnie de cet homme. J'étais prise en main. Ce qui a joué, aussi, c'est le fait que Robert, comme il s'appelait, était de haute taille et qu'il avait des yeux gris et paisibles et un sourire qui inspirait confiance. Il émanait de lui un très fort sentiment de sécurité. Bref, après quelques verres de vin, j'avais accepté. Et, dès le lendemain, je commençais à travailler au bordel.

Delphine se préparait à me resservir de son mousseux portugais, mais j'ai interrompu son geste. Depuis le début, c'était elle, à mon grand regret, qui menait la conversation, comme je l'avais compris même si j'y avais mis le temps.

– Est-ce que tu as raconté ça à Bernard Wouters ? l'ai-je interrogée.

– Si tu veux dire lors de notre première rencontre, la réponse est oui. Malgré mes dix-neuf ans, j'avais une assez grande expérience de ce que les hommes demandent. Celui-là était bloqué, je l'ai vu tout de suite. J'ai compris que la seule chose qui pouvait l'aider à se sortir de cette situation, c'était une conversation amicale, à cœur ouvert en quelque sorte. Je lui ai raconté à peu près ce que je viens de te dire. Cela avait marché avec les autres, alors j'ai pensé que cela fonctionnerait avec lui aussi. Il a fini par avoir une érection mais ça ne l'a pas mis dans de meilleures dispositions. C'est quand j'ai essayé de mettre la main à la pâte qu'il est devenu agressif. J'ai heureusement eu la vie sauve. Mais, avant que je parvienne à l'empêcher d'aller plus loin, il m'a marquée pour la vie, comme tu peux le voir.

Delphine a tourné vers moi sa joue endommagée et passé son doigt sur la grosse cicatrice.

– En réalité, a-t-elle poursuivi en vidant son verre, il n'était pas venu pour baiser. Je suis à peu près sûre que s'il voulait une prostituée, c'est parce qu'on considère ça comme la preuve qu'on est un homme. Mais si tu veux mon avis sur la question, je suis obligée de te dire que ce n'en était pas un. Entre nous soit dit, je crois que ce qu'il cherchait, ce n'était pas une femme, c'était une gamine. Une adolescente maigrichonne. Ou encore un garçon. A moins qu'il n'ait eu aucun goût pour le sexe, de façon générale. C'est plus fréquent que les gens ne le croient.

J'ai gardé le silence un bon moment, essayant de digérer ce que Delphine venait de me confier.

– Il y a une chose que je ne comprends pas, ai-je fini par dire. Comment as-tu osé le laisser monter chez toi quand il t'a draguée à *La Lambada*?

– Au début, je n'étais pas sûre que c'était lui. Il y a quand même plus de vingt ans de ça, et ce type en faisait bien trente de plus qu'à l'époque, tout le temps voulu pour s'offrir un gros ventre et un double menton. Mais n'oublie pas que j'ai le Loup, a-t-elle ajouté en caressant avec amour son chien de berger, il ne tolère pas qu'on me fasse quoi que ce soit que je n'accepte pas. Et puis, je crois que j'avais une petite idée derrière la tête. Mais promets-moi de ne pas mettre ça dans ton article. Il faut que ça reste entre nous. En tout cas, dès que j'ai été sûre que c'était lui, j'ai eu le sentiment que j'avais enfin – enfin ! – la chance de lui rendre la monnaie de sa pièce.

– Il ne t'est pas venu à l'idée qu'il regrettait peut-être ce qu'il avait fait et qu'il était venu pour réparer?

– Non, ce n'est pas son genre. D'ailleurs, il me l'a dit lui-même : «Je ne regrette jamais rien» ou quelque chose dans ce goût-là.

– Mais tu ne l'as pas payé de retour?

(Question plutôt orientée, j'aurais dû me méfier.)

– Non, le moment venu je n'ai pas pu. Quand j'ai vu qu'il était toujours aussi pitoyable, je n'en ai plus eu envie. Il suffisait que le Loup lui fiche la frousse. C'est un bon chien, le Loup. N'est-ce pas ? demanda-t-elle en se tournant vers lui.

Le chien l'a regardée avec ses yeux humides et gratifiée d'un aboiement, comme s'il comprenait.

– Une dernière question, et je te laisse décider si je peux faire état de ta réponse. Pourquoi ne t'es-tu pas fait opérer de la joue ? Tu n'ignores pas que, dans le domaine de la chirurgie esthétique, on a réalisé des progrès considérables. Tu aurais certainement pu faire disparaître ta cicatrice.

– C'est à se demander si tu connais aussi bien les prostituées que tu l'affirmes, a répondu Delphine avec un sourire un peu forcé, malgré tout. Non, pardonne-moi, bien sûr que je te crois. Mais il y a des fois où les informations de seconde main ne suffisent pas. Crois-le ou pas, mon visage est ma meilleure source de revenus, dans ce boulot. Il me vaut des clients que je n'aurais jamais, sans ça. Ma cicatrice les excite. Ainsi que toute cette atmosphère lugubre qui m'entoure. Tu ne peux pas savoir comme les êtres humains ont parfois des besoins bizarres. Ça, tu peux le mettre dans ton article, si tu veux. Et mon « protecteur » l'a compris tout de suite, a-t-elle ajouté, cette fois avec un sourire franchement triste.

Ce n'est que lorsque je me suis retrouvée dans la rue Saint-Denis que j'ai mesuré à quel point j'avais été manipulée, bien davantage encore que je ne l'avais cru. Si cela se trouve, Delphine m'avait complètement roulée. Elle s'était sans aucun doute débrouillée pour que je la voie sous la lumière rose de la sympathie.

J'en suis encore plus convaincue maintenant. Assise à ma machine à écrire, je m'avise que je n'ai cessé, au cours de cette interview avec Delphine, d'oublier le but véritable de mon voyage à Paris : trouver le vrai coupable du meurtre de Bernard Wouters. Et innocenter Frédérique, emprisonnée à tort.

C'était au point que j'avais oublié de poser à Delphine deux questions très importantes.

L'une était de savoir comment elle avait réagi lorsque, la veille de sa mort, Bernard Wouters était venu la déranger en sonnant obstinément à sa porte. Qu'avait-elle ressenti, à ce moment-là ? Quelles pensées l'avaient agitée ?

L'autre question concernait l'histoire qu'elle m'avait racontée sur la façon dont elle avait été engagée dans le bordel où travaillait sa mère. Bien entendu, je l'avais aussitôt reconnue pour l'avoir lue dans le livre que Bernard Wouters avait fait publier sous le nom de sa fille. « As-tu lu *Les Confessions d'une jeune fille* ? » aurais-je dû lui demander.

Quand j'aurais bien battu ma coulpe, il ne me resterait plus qu'à sauter sur le téléphone.

EST-CE VOUS QUI L'AVEZ TUÉ ?

La rencontre avec Delphine Lecœur m'avait fatiguée jusqu'à la limite de mes forces. Comment pourrais-je effectuer une interview de plus ? Il le fallait pourtant. M. Patrick, le barman de *La Lambada*, où j'étais entrée en coup de vent en allant chez Delphine, m'avait prévenue. Si je ne saisissais pas l'occasion de voir « la Belge aux cheveux rouges » au *Club des Poètes* cet après-midi-là, je courais un grand risque. Il croyait en effet savoir qu'elle avait décidé de regagner Bruxelles le soir même.

– Si vous voulez mon avis, madame, avait-il dit avec un clin d'œil d'intelligence, je pense qu'elle a maintenant fait tout ce pour quoi elle était venue à Paris.

Patrick était très fiable, j'avais pu m'en convaincre en visionnant le reportage télévisé. Malheureusement la télévision est trop vouée aux commentaires succincts et aux idées reçues pour que les gens de son genre aient vraiment leur chance. Sans compter que le reporter n'avait pas été des plus attentifs.

Patrick l'était, lui. Comme beaucoup de barmen, il avait cultivé sa capacité à écouter des conversations qui ne lui étaient pas destinées. Avec lui derrière le comptoir, il fallait être très prudent si l'on méditait un coup d'État ou envisageait un rendez-vous avec un amant.

Et, en effet, Patrick « n'avait pu éviter » d'entendre ce dont M. Wouters et la Belge aux cheveux rouges avaient parlé. Le premier avait aussitôt accusé la seconde du suicide de sa fille. Celle-ci s'était jetée sous un train. C'était une histoire affreuse et c'était la faute de la Belge. Elle avait persécuté sa fille et l'avait tournée en ridicule. Avait avancé sur son compte des horreurs inventées de toutes pièces.

– Quelles horreurs ? l'ai-je coupé.

– Qu'elle se comportait comme une putain. Qu'elle avait dérobé le manuscrit d'un livre. Et qu'elle tramait des choses derrière le dos de son père.

– Est-ce pour cela qu'il affirmait qu'elle était cuite pour de bon à Bruxelles ?

– Exactement. Et que c'en était fini des promenades au clair de lune. En décembre ! Il y a des jours où je me demande comment les gens sont faits. Au mois de décembre ! Comme si c'était un plaisir !

– Et la Belge ? Comment a-t-elle réagi ?

– Curieuse bonne femme. Au début, elle s'est contentée de rire. Comme si elle avait une idée derrière la tête. Quelque chose d'encore pire. Puis elle s'est mise à écluser du calva. Et, tout d'un coup, elle s'est levée et s'est éloignée en zigzaguant et en disant qu'il fallait qu'elle aille aux toilettes. Mais on m'a déjà fait le coup. Elle avait l'intention de partir sans payer, oui ! J'ai pas envie de perdre mes clients, ça non, mais je suis pas un imbécile. Il fallait qu'elle paye. Pour ça comme pour le reste.

– Qu'est-ce que vous voulez dire par là ?

– M. Wouters avait bu pas mal de calva, lui aussi. Vous auriez dû voir la tête qu'il a faite quand il s'est aperçu qu'ils étaient déjà payés.

Je suis donc retournée à Saint-Germain-des-Prés, plus précisément rue de Bourgogne où, selon Patrick, se trouvait le *Club des Poètes*. C'était le lieu favori de la Belge aux cheveux rouges quand elle était à Paris. Elle avait dit à Bernard Wouters que c'était là qu'elle avait vu sa fille pour la première fois. Elle avait alors lu des poèmes « qui ne valaient pas l'encre pour les imprimer ».

« C'est alors que j'ai commencé à me douter de quoi il retournait, avait-elle dit, et que notre petite Françoise Sagan à nous n'était qu'un vaste bluff. »

La rue de Bourgogne ressemble à celles que Simenon a décrites dans son roman à clés intitulé *La Disparition d'Odile*. Il s'en dégage une atmosphère assez semblable à celle qui a exercé une très forte fascination sur l'héroïne de ce livre et sans doute, également, sur celle qui lui a servi de modèle : Marie-Jo Simenon.

Le *Club des Poètes* présente aussi une certaine ressemblance avec les clubs qui figurent dans le roman. Lors de ma visite, il était plongé dans la pénombre, la fumée des cigarettes montait vers le plafond en lourdes volutes, un guitariste grattait son instrument, et sur les tables étaient posés des bouteilles de vin et des plats à moitié consommés. La particularité de l'endroit, c'étaient les étagères couvertes de recueils de poésie en diverses langues qui recouvraient les murs.

Tout au fond de la pièce, dans un coin, était assise une femme assez corpulente aux cheveux rouges. C'était la célèbre Madeleine Defosset, connue pour avoir participé à un nombre impressionnant d'émissions de télévision, en particulier à la rtbf. Depuis plusieurs années, les gens qui regardaient cette chaîne avaient été régulièrement gavés de ses idées sur la plupart des sujets, de l'éducation des enfants jusqu'à la politique. Elle donne en général l'impression de quelqu'un de compétent et de sûr, même si c'est un fait avéré, pour nous autres qui sommes au courant de ce qu'on colporte sur sa vie privée, qu'elle a lamentablement échoué dans l'éducation de sa propre progéniture. Sa fille, une adolescente, a été hospitalisée à plusieurs reprises pour des overdoses ; quant à son fils, son aîné de quelques années, il n'a jamais réussi à se lever du fauteuil dans lequel il passe le plus clair de son temps à regarder des bandes et à jouer à des jeux vidéo, malgré les efforts que sa mère a déployés pour lui trouver du travail dans toutes les librairies de la ville, les unes après les autres.

Madeleine Defosset était en train de pleurer. Son maquillage coulait le long de ses joues et jusque dans son décolleté. Lorsque je me suis approchée d'elle, elle a tenté désespérément de se moucher et masquer ainsi ses yeux, mais il était trop tard. Je me suis assise près d'elle, à attendre. Ce n'est que quelques minutes plus tard, lorsque le guitariste est venu vers nous en jouant les premières mesures de *Barbara*, de Jacques Prévert, qu'elle s'est enfin laissée aller.

– Non, Jean-Louis, pas maintenant. Sois gentil, on voudrait être tranquilles.

Me reconnaissait-elle, elle aussi ?

Elle ne m'avait pas seulement reconnue : elle m'attendait.

– Je savais que vous viendriez, madame De Decker, a-t-elle sangloté. Vous étiez collègues, Bernard Wouters et vous, n'est-ce pas ? Et je lis toujours ce que vous écrivez.

Je n'ai pas pu me retenir. Car ce n'était pas du tout de cette façon que j'avais prévu que les choses se passeraient.

– Est-ce vous qui l'avez tué, madame Defosset ?

– J'en ai bien peur, a-t-elle marmonné dans son mouchoir. Si je ne m'étais pas entêtée à…

Elle s'est alors effondrée sur la table. Ses sanglots étaient déchirants.

– Si seulement j'avais pu éviter de le provoquer ! Dire que je l'ai traîné dans ce bar louche ! Il avait perdu sa fille, n'est-ce pas ? Et moi qui n'ai cessé d'enfoncer le clou. Je ne m'en remettrai jamais. Comment ai-je pu être assez… assez…

J'ai attendu. Tout ce que j'aurais pu dire à Madeleine Defosset, dans une telle situation, aurait été déplacé.

Elle a continué à pleurer, la tête appuyée sur l'arête de la table, le poing martelant le plateau. Je n'ai pas pu me retenir davantage. J'ai passé le bras autour de son épaule et lui ai caressé la joue, non sans une certaine maladresse.

– Pardonnez-moi, madame Defosset, ai-je marmonné. Pour tout vous dire, je ne crois pas que ce soit vous qui ayez tué Bernard Wouters.

Une chose que M. Patrick avait laissée échapper dans son interview télévisée venait soudain de trouver sa place, comme dans un puzzle.

JE SUIS DOTÉE D'UN TEMPÉRAMENT REDOUTABLE

Ce que m'a raconté Madeleine Defosset, après que trois gauloises l'eurent suffisamment calmée pour lui rendre une élocution cohérente, était si stupéfiant, si incroyable, que moi qui ai vu, entendu et vécu pas mal de choses dans ma vie, j'ai dû me pincer le bras pour m'assurer que je ne rêvais pas et que c'était bien la grande Madeleine Defosset, l'auteur adulé de best-sellers, bien mise et sûre d'elle-même, qui était assise à côté de moi, au *Club des Poètes*, et me confiait le récit d'une vie marquée par la tragédie. Elle avait cependant eu assez d'instinct de conservation pour préciser :

– Ce que je te dis là, c'est pour toi personnellement. Pas pour *Le Soir*. Je sais que tu ne t'abaisses pas à n'importe quoi dans tes articles, mais on ne peut jamais être trop prudent. Si le public apprenait ce que j'ai vécu, l'image que j'ai eu tant de mal à me construire serait démolie.

Madeleine Defosset a commencé son récit en remontant à 1949, l'année de sa naissance. Elle était la fille d'une juive ayant survécu au camp de concentration de Treblinka et d'un ancien collabo. Ils s'étaient rencontrés tandis qu'il purgeait une peine de prison pour trahison, en même temps qu'un certain nombre d'autres citoyens belges. Sa mère avait été sauvée à la dernière minute, en 1945, à la Libération, et avait pu gagner la Suède à bord d'un car humanitaire. Là, elle avait assez vite rencontré un homme, « un authentique Suédois », qui l'avait épousée et lui avait permis d'être naturalisée. Au bout de deux ans de mariage, ils avaient eu un fils. Peu après, la mère avait quitté à la fois la Suède et son mari, alors que leur fils n'avait que quelques mois.

– Maman ne supportait pas les Suédois et leur manière d'être, m'a dit Madeleine Defosset. Cette façon de croire qu'ils sont au-dessus des autres et savent tout mieux qu'eux sur n'importe quoi. Qu'ils représentent la conscience du monde. C'est vrai : du monde, qu'est-ce qu'ils en savaient ? Que savait cet homme irréprochable qui l'avait épousée « par pure compassion », qui avait nourri le squelette vivant qu'elle était, au point de lui redonner des formes et des couleurs et même des hormones en état de fonctionner ? Que savait-il de la souffrance, du désespoir ? Et de la vraie loyauté, celle qui engage jusqu'à la mort ?

» Elle me parlait souvent de Treblinka, a poursuivi Madeleine Defosset. Comme tu le sais, il y avait un camp de femmes, là-bas. Tout le monde était du sexe féminin, les gardiennes aussi bien que les prisonnières. Parmi les prisonnières, justement, il y en avait une, je pense souvent à elle, qui servait de prostituée et qui avait mis son point d'honneur à flanquer la vérole à une compagnie entière d'officiers. Ça, c'était de la loyauté ! Maman était arrivée à Treblinka enceinte de neuf mois. Son mari a sans doute été gazé dès son arrivée à Auschwitz. Elle a étranglé son enfant à la naissance et l'a jeté dans la fosse commune qu'elle était chargée de creuser. « Pour vous, *mein Führer* », a-t-elle dit sans s'arrêter de travailler.

– Comment a-t-elle pu laisser son fils en Suède ? n'ai-je pu m'empêcher de demander.

– Je ne sais pas, a répondu Madeleine. C'est une chose dont elle ne m'a jamais rien dit. Pas un seul mot. Je crois qu'elle a considéré qu'il valait mieux pour l'enfant qu'il reste en Suède, qu'il puisse y grandir dans le calme et la sécurité et ne pas avoir à la subir avec ses nerfs en pelote. Et personne n'est mieux placé que moi pour savoir à quel point ils étaient en pelote. La nourriture substantielle du pays, la citoyenneté suédoise n'avaient rien pu y faire, en tout cas.

– Et c'est ensuite qu'elle s'est mariée avec un collaborateur ?

– Elle était bourrée de contradictions, a répondu Madeleine. Elle a rencontré celui qui allait devenir mon père au cours des années où elle était chanteuse de cabaret à Bruxelles. Un jour, l'orchestre avec lequel elle se produisait a reçu une proposition : il s'agissait de faire une tournée dans les prisons pour égayer un peu la vie des détenus. Je crois que son expérience de ce qu'elle appelait l' « hypocrisie suédoise » a aussi joué son rôle. Ainsi que les aperçus qu'elle avait eus sur la complexité des êtres humains. Le fait que les apparences en disent fort peu sur la réalité qu'elles recouvrent. « La prostituée, dans ce camp, par exemple, disait-elle. Quelqu'un qui n'aurait été au courant de rien et l'aurait vue se vautrer, grosse et grasse, sur sa confortable couchette aurait eu du mal à imaginer à quoi elle consacrait ses talents, en réalité. »

» Mais je devrais parler au présent, a repris Madeleine, puisque ma mère est encore de ce monde. Et qu'elle continue de monter en épingle les qualités de mon père en parlant sans arrêt du grand amour qui les a unis. Mais c'était bien entendu un salaud. C'est lui qui a refusé de recevoir mon demi-frère quand il est enfin venu faire la connaissance de sa mère. Il avait dix-sept ans et moi quinze.

– Tu l'as rencontré !

– Personne n'avait dit à mon père que c'était mon demi-frère. Quand il est enfin parvenu à le mettre à la porte, maman a dit que cela n'avait pas d'importance. « C'est juste un de ces petits malins. Il croit qu'il va pouvoir s'offrir quelques jours de vacances gratuites à Bruxelles, simplement parce qu'il se trouve que je possède la nationalité suédoise et qu'il connaît mon ancien mari. »

– Elle n'était pas à la maison, ce jour-là ?

– Elle dormait. A cette époque, déjà, elle dormait plus que la normale. C'est sa façon de se défendre.

– Et toi ? Comment as-tu réagi ?

– Bien entendu, j'ai trouvé que mon père se conduisait de façon vraiment dégueulasse. Il aurait au moins pu faire rentrer ce garçon qui était venu de si loin et lui proposer de prendre une bière ou une tasse de café. J'ai couru derrière lui pour le rattraper. N'oublie pas que j'étais adolescente et rebelle comme on peut l'être à cet âge. J'étais allergique à la façon de voir de mes parents. Je l'ai donc rattrapé et nous sommes allés nous asseoir à l'ancien bistrot favori de Baudelaire : *Au Vieux Spijtigen Duivel*, chaussée d'Alsemberg. C'était exactement l'atmosphère qu'il fallait : des tables sur lesquelles les gens avaient gravé leur nom, des bougies, un vieux poêle en fer au centre de la pièce et des individus bizarres pendus au bar. Philippe était très impressionné de prendre place à la table où Baudelaire a, dit-on, composé plusieurs de ses poèmes. Nous avons bu de la Krick et parlé pendant des heures.

– Il ne t'a pas dit qu'il était ton demi-frère ?

– Il ne le savait pas lui-même. Son père lui avait donné un nom et une adresse, et lui avait présenté maman comme « une vieille amie » qui était allée vivre à Bruxelles. Sans doute voulait-il que Philippe – ou Filip, comme on dit en Suède – se fasse sa propre idée d'elle. Ainsi, il n'aurait rien à reprocher à son père si les choses allaient de travers.

– Et ensuite ?

– Nous sommes tombés amoureux. Philippe est resté deux

semaines à Bruxelles, logeant au petit bonheur, mais c'était en plein été et il ne risquait pas de mourir de froid même s'il devait passer une nuit à la belle étoile. La plupart du temps, il a été hébergé par l'une ou l'autre de mes copines. Cela n'a pas posé de problème. Elles le trouvaient très bien. Un beau blond à la Nordique, un vrai Viking. Et j'ai eu toutes les peines du monde à les empêcher de me le prendre.

La voix de Madeleine Defosset s'était faite un peu ricanante, comme celle d'une adolescente, en me parlant de Philippe, et ses joues avaient retrouvé des couleurs. Mais le désespoir, la lassitude étaient toujours là quand elle a repris :

– Les choses ont tourné comme toujours dans ce genre d'histoire presque classique. Un mois après le retour de Philippe en Suède, je me suis aperçue que j'étais enceinte. Maman tenait absolument à m'emmener chez un avorteur clandestin auquel elle avait apparemment plusieurs fois eu recours pour elle. Mais j'ai refusé. Je voulais garder notre enfant, à Philippe et à moi.

– Savait-elle qu'il était ton demi-frère ?

– Si elle le savait, ou s'en doutait, elle n'en a rien montré, en tout cas. Elle n'arrêtait pas de me rebattre les oreilles avec cet avortement. Finalement, je n'ai pas pu supporter la situation et je suis partie. En Suède, retrouver Philippe.

– C'est là que tu as appris la vérité ?

– J'en étais déjà à mon sixième mois quand je suis arrivée dans ce petit trou du Norrland qui porte le nom impossible d'Örnsköldsvik. C'était peu avant Noël et il faisait un froid de canard. Des congères le long des rues. Aux fenêtres, des glaçons que je ne pouvais m'empêcher de casser et de sucer, au risque que ma langue y reste collée, comme cela a failli m'arriver à une ou deux reprises. Un peu le même besoin que celui de nicotine. Mais… oui, j'ai appris la vérité. Et ça n'a pas tardé, d'ailleurs. Dès que la belle-mère de

Philippe a vu mon gros ventre, sous ma robe, elle me l'a assénée.

– Et Philippe ?

– C'est lui qui s'est montré le plus sensé de tous. C'est lui qui a calmé son père et sa belle-mère. Je n'arrive toujours pas à comprendre comment il y est arrivé. En tout cas, quand ils sont sortis de sa chambre, ils étaient d'accord. Je pourrais rester chez eux jusqu'à la naissance de l'enfant. Mais ensuite, il faudrait que je retourne en Belgique. Avec l'enfant. « Un enfant doit grandir auprès de sa mère », a dit la belle-mère, avec un regard en coin du côté de Philippe.

» Après ça, on a fêté Noël comme toutes les familles suédoises. J'ai reçu des cadeaux et on a mangé du jambon et un poisson, qui est ce que j'ai mangé de plus infect dans ma vie : visqueux comme une grenouille et sentant la poudre à laver. Mais je n'ai pas cillé et j'ai avalé ça comme le reste de ces choses bizarres. Y compris le jambon, que j'ai mangé avec de la moutarde sucrée, comme ils s'obstinent à le faire.

– Qu'est devenu l'enfant ?

– C'était un garçon. Il est né en avril 1965 à la maternité d'Örnsköldsvik. Mais il n'a pas vécu.

Madeleine Defosset a allumé une nouvelle gauloise et, de l'autre main, s'est mise à balayer les miettes qui traînaient sur la table.

– Je ne sais vraiment pas pourquoi je te raconte cette vieille histoire, a-t-elle marmonné.

Pauvre Madeleine !

Mais je n'ai pas trouvé de paroles de consolation. La sympathie que j'aurais dû éprouver envers elle refusait de se manifester. Était-ce dû au ton curieusement détaché et très sobre sur lequel elle avait constaté que l'enfant qu'elle se réjouissait tellement d'avoir était mort-né ? Ou au fait que je ne possédais pas l'empathie nécessaire ?

Au lieu de cela, ma bouche a formulé une question :

– Vous vous voyez encore, Philippe et toi ?

– Tu n'oublies pas que tu es reporter, a dit Madeleine en me regardant dans les yeux. Mais tu ne vas pas parler de cela dans ton article, hein ? Sinon, je ne sais pas ce que je te ferai. Je suis dotée d'un tempérament redoutable.

Elle s'est levée et a gagné les toilettes d'un pas décidé. Quand elle est revenue, après une longue séance de maquillage, elle était de nouveau la Madeleine Defosset que je connaissais. Et elle était parfaitement maîtresse d'elle-même. Comme si elle se préparait à prendre place devant les caméras de la télévision.

– Philippe et moi, c'est terminé, a-t-elle dit. De même que j'espère que cette histoire-ci va bientôt l'être. Si je me suis confiée à toi à ce point, c'est uniquement pour que tu comprennes ce que je ressens vis-à-vis de talents en herbe du genre de Marie-Jo Wouters. Qu'est-ce qu'ils ont vécu ? Qu'est-ce qu'ils ont à nous apprendre ? Comment peuvent-ils prendre leurs désirs pour des réalités au point de croire qu'ils savent quoi ce soit de la vie ?

Je suis restée un bon moment au *Club des Poètes* après le départ de Madeleine Defosset. J'étais très inquiète. Ça clochait quelque part. Quelque chose me disait que Madeleine Defosset ne s'était pas « confiée » à moi, comme elle avait voulu le faire croire. Son histoire me paraissait fabriquée de toutes pièces. Comme si elle m'avait raconté un roman ou avait mis en scène des épisodes de la vie de quelqu'un d'autre.

Je devais griller pas mal de cigarettes avant de trouver ce que c'était. L'emprunt que j'avais inconsciemment dépisté, c'était l'histoire de la mère juive et du père collaborateur. C'est celle que l'un de ses collègues écrivains raconte toujours à des journalistes ébahis. Mais s'était-elle arrêtée là ?

N'avait-elle pas inventé tout ce qu'elle m'avait raconté, d'un bout à l'autre, grâce à l'imagination qui la caractérise en tant qu'auteur de fictions ?

Si oui, pourquoi l'avait-elle fait ? Pourquoi était-il si important pour elle de tenter d'éveiller ma sympathie ?

Il n'y avait qu'une seule explication.

LE CŒUR EST L'ORGANE DE L'AMOUR

J'ai marché le long des rues de Saint-Germain-des-Prés en essayant de toucher Marc sur son portable. C'était ce dont j'avais le plus besoin, à ce moment : le calme de sa voix dans mon oreille. Ce qui, dans d'autres circonstances, m'aurait attirée dans ce quartier, à savoir jeter un coup d'œil à *La Coupole* dans l'espoir d'apercevoir à sa table favorite notre grand écrivain Dominique Rollin, ou à *L'Échaudé*, pour entendre le serveur me parler une fois de plus des plats préférés et de l'énorme appétit de Jean Gabin, m'était complètement indifférent.

Je ne me souviens pas d'avoir, au cours d'un reportage quelconque, éprouvé à un point semblable la nécessité d'être soutenue. Moi, Suzanne De Decker, le célèbre reporter n'ayant pas froid aux yeux, je désirais quelqu'un sur qui m'appuyer ! Il m'était certes arrivé, de temps à autre, de souhaiter avoir la possibilité de vérifier l'exactitude de mes impressions auprès d'une personne bien informée, mais, même au cours du procès de ces deux jeunes Anglais dont j'ai déjà parlé, je n'avais eu une telle fringale d'être écoutée et approuvée. Je savais quoi penser, ce que je voulais faire savoir et, surtout, je n'étais pas engagée personnellement. Ce que j'éprouvais si fortement, cette fois, c'était de la colère à l'idée du peu que nous savons encore à propos de l'enfance, dans notre culture. Du besoin qu'ont les enfants d'être acceptés en tant que tels, de leur peur et manque d'assurance devant les adultes, qu'ils dissimulent sous un masque de dureté. De leur besoin de sécurité. Alors que nous devrions savoir. N'avons-nous pas derrière nous des décennies de recherches poussées en matière de psychologie et de psychiatrie de l'enfance ? Nous ne sommes plus au XIXe siècle, où l'on considérait comme normal de voir condamner à la pendaison ou à la déportation aux colonies un enfant de sept ans surpris en train de chaparder. Un témoin de l'époque a même rapporté avoir entendu les appels déchirants qu'un enfant de six ans lançait à sa mère, du haut de l'échafaud.

Mais ceci dépassait mes propres capacités d'endurance. Jamais auparavant, au cours d'un quelconque reportage en matière criminelle, je ne m'étais sentie aussi perplexe. Les pensées qui tournaient dans mon cerveau, il me fallait les partager avec quelqu'un en qui j'avais toute confiance.

J'avais peur. Lorsque les paroles de Patrick avaient enfin pénétré jusqu'à ma conscience, ma réaction n'avait pas été le soulagement de tenir entre mes mains la clé du meurtre, mais la peur. Je sais pertinemment que c'est très irrationnel. Mais je sais aussi que ce qui l'a suscitée, c'est ma sympathie envers l'être humain qu'avait éveillée en moi le bavardage de Patrick. Il ne fallait pas que ce fût le meurtrier ! Il ne fallait pas qu'il soit condamné à la peine suprême, celle que nous appelons toujours « capitale », quoique cela signifie la décapitation, alors que, de nos jours, elle est automatiquement commuée en prison à perpétuité.

Je marchais, le portable collé à l'oreille, en faisant ce qui était en mon pouvoir pour orienter ma réflexion dans une direction plus rationnelle.

Tu es à Paris pour un reportage à propos d'un meurtre, Suzanne, me suis-je dit. Et pour tenter de contribuer à la solution de l'énigme, si possible. Il ne faut pas que tu te laisses emporter par tes sentiments. Tâche enfin de réfléchir de façon logique. Occupe-toi un peu du *modus operandi*, comme on dit en langage spécialisé. Qu'a-t-il à t'apprendre ? Pourquoi le meurtrier tenait-il à ce que Bernard Wouters meure de cette façon, précisément ? Pourquoi ne lui a-t-il pas planté un couteau dans le ventre, ne l'a-t-il pas assommé ou abattu d'un coup de revolver ? Pourquoi l'a-t-il étranglé ? Étouffé ?

– Pour que rien d'autre ne puisse sortir de sa bouche.

Cette voix était-elle sortie de mon portable ?

Non. Je n'y entendais, à intervalles réguliers, que celle me demandant d'attendre encore quelques secondes et me répétant que le Dr Ghijsels n'allait pas tarder à arriver et à prendre la communication. L'autre voix, c'était la mienne.

Qui avait voulu empêcher Bernard Wouters de parler ?

Madeleine Defosset, sans aucun doute. Elle avait de très bonnes raisons de tenter de faire taire Bernard Wouters, de l'empêcher de saboter un peu plus encore sa réputation d'écrivain qu'il ne l'avait fait jusque-là dans ses critiques littéraires. Ce qu'il avait bel et bien menacé de faire, à en croire Patrick.

Non, je ne pouvais pas exclure Madeleine Defosset, quoique, sur une soudaine impulsion, je l'eusse assurée que je ne croyais pas ce fût elle qui ait commis le meurtre. Pour elle, tout était lié à son identité d'écrivain. Si celle-ci était menacée, son « redoutable tempérament » pouvait fort bien faire d'elle une meurtrière.

Delphine Lecœur ? Possible, mais guère vraisemblable. Si elle avait voulu tuer Bernard Wouters, elle n'avait qu'à saisir l'occasion pendant qu'il était chez elle, « entre quat'z'yeux » comme on dit. En pleine rue, elle courait un trop grand risque d'être reconnue.

A moins qu'elle n'eût agi par personne interposée. Son

souteneur, par exemple. «Vérifier ce qui concerne le souteneur», avais-je noté mentalement.

Mais il y avait une circonstance qui plaidait fortement en faveur de l'hypothèse Delphine Lecœur et dont je venais de découvrir l'importance, en l'occurrence.

Qu'aurait-elle pu empêcher Bernard Wouters de dire?

Qu'il s'apprêtait à la défigurer de nouveau?

Peu vraisemblable. Elle disposait à la fois du Loup, de son souteneur et de la police, pour la protéger.

Mais, d'un autre côté, il lui avait bel et bien dit qu'il ne regrettait rien.

Frédérique? Peu vraisemblable, également. Si elle avait voulu faire taire Bernard pour de bon, elle aurait utilisé une autre méthode. Sa fille était morte, après avoir mis fin à ses jours du fait de l'impossibilité de ses rapports avec son père. Frédérique aurait fait ce pour quoi elle était venue à Paris, malgré tout, et aurait planté son couteau militaire suisse dans le cœur de son mari. Exactement comme elle avait rêvé de le faire. Le cœur est l'organe de l'amour. Bernard avait mis à mort à la fois son amour, à elle, et celui de sa fille.

Je ne me retrouvais donc, une fois de plus, avec celui qui *ne devait surtout pas* être le meurtrier: ce jeune homme poli et serviable.

«Ce jeune homme... qui l'a aidé à sortir, c'est un type bien, lui. Poli, serviable», avait dit Patrick.

Mais ni lui ni le reporter de la télévision ni moi-même, après avoir pris connaissance de la bande vidéo, n'avions eu assez d'imagination pour entendre ce qu'il avait à nous dire.

A savoir que c'était un jeune homme, un jeune homme poli et serviable, qui, selon toute probabilité, était le dernier à avoir vu Bernard Wouters en vie. Et qui, également selon toute probabilité, était son assassin.

Ce jeune homme pouvait s'appeler Laurent Van Crugten.

Celui-ci avait en effet autant de chances de dénicher Bernard Wouters à Paris que Frédérique. Si ce n'est plus. Il avait pour lui sa politesse, son intelligence et sa prévenance.

Madeleine Defosset l'avait aussi accusé indirectement. Sans doute était-ce pour cette raison que j'avais réagi comme je l'avais fait, au cours de ma conversation avec elle. C'est une de ses phrases inachevées qui m'avait mis la puce à l'oreille : « Si je ne m'étais pas entêtée à le traîner dans ce bar louche, me semblait-il l'avoir entendue dire, il n'aurait jamais rencontré son meurtrier. »

Mais pourquoi Laurent aurait-il voulu faire taire Bernard Wouters ?

Dire que je ne m'en étais pas encore avisée ! Alors que c'était l'évidence même ! Parmi tous mes « suspects », c'était peut-être Laurent Van Crugten qui avait les meilleures raisons d'empêcher Bernard Wouters d'ouvrir de nouveau la bouche.

Marie-Jo était certes morte et il ne pouvait plus rien pour elle. Mais il pouvait au moins venger sa mort. Il pouvait étrangler l'homme qui avait étouffé son talent. Et l'empêcher d'entraîner d'autres jeunes gens à leur perte avec ses belles paroles.

Mes larmes se sont mêlées à la neige, qui tombait de plus en plus dru. Mon Dieu, ai-je sangloté, faites que ce ne soit pas Laurent. Faites qu'il ne soit pas condamné à la prison à perpétuité. Pas Laurent. Il a déjà assez souffert comme ça.

IL L'A EXPLOITÉE

– Je te comprends, m'a dit Marc, quand j'ai enfin eu sa voix dans mon portable. Que ce que tu as découvert t'attriste n'est pas seulement très compréhensible, c'est une réaction qui prouve que ton engagement en faveur des enfants maltraités est authentique. Car Laurent Van Crugten n'est rien d'autre qu'un enfant maltraité. Il est vrai qu'il a maintenant dix-neuf ans, mais comment aurait-il pu dominer ce qu'il a vécu étant jeune?

– Tu veux dire qu'en fait?...

– C'est ce que je pense, en tout cas, a répondu Marc. Ce n'est peut-être pas tant Bernard Wouters que Laurent a voulu réduire au silence que son beau-père. Mais il n'a jamais osé s'en prendre à lui ni se venger des affreux interrogatoires que celui-ci lui a fait subir dès sa petite enfance. Et des mots qui sont sortis de la bouche de ce beau-père lorsqu'il rentrait chez lui en état d'ivresse.

– Je te crois, Marc, ai-je dit. Mais, même s'il devait s'avérer que j'ai raison en ce qui concerne Laurent, c'est tout de même contre Bernard Wouters que son agressivité s'est tournée!

A Paris, il neigeait toujours. J'avançais sur les trottoirs d'un pas mal assuré, avec mon portable dans une main et mon parapluie dans l'autre. Je me rends souvent à Paris soit pour mon travail soit simplement pour me promener le long des quais, fouiller dans les étals des bouquinistes, prendre une tasse de café ou un verre de vin à une terrasse en compagnie d'un ancien camarade d'études qui s'est installé là. Mais je n'avais encore jamais vu une pareille tempête. On avait beau être en janvier, il est rare qu'il neige à Paris, même à cette époque. Je ne me souvenais pas d'avoir eu à me promener à Paris avec un parapluie à d'autres périodes qu'en été.

Soudain, m'est revenu à l'esprit un soir de Saint-Jean à Saint-Germain-des-Prés. Il pleuvait, les trottoirs n'étaient pas d'un blanc grisâtre comme en ce moment mais noirs comme peut l'être ma CRX lorsque Claire et Jean-Paul ont passé une demi-journée à la laver et l'astiquer. C'est un des petits boulots qu'ils sont capables d'accepter pour se faire un peu d'argent de poche.

Ce jour-là – il y a six ou sept ans de cela, je ne sais plus exactement –, c'était la fête dans les rues de Paris. Jack Lang, le ministre de la Culture, avait décrété que la Saint-Jean serait fêtée en musique, dans les bars, les musées, les rues et les jardins publics, non seulement à Paris mais dans tout le pays. A Saint-Germain, cette fête se déroulait sous un arbre, un très gros chêne. Des centaines de personnes se tenaient sous leur parapluie, par une pluie battante, avec des feuilles blanches à la main. Ils étaient si serrés les uns contre les autres qu'ils formaient une sorte de voûte supplémentaire les protégeant de la pluie, en plus de toutes celles qu'offraient les frondaisons du chêne. Et ils chantaient :

La nuit, je dors dans ma cabine téléphonique
car au bout du fil j'entends la mer.
Le soleil ne brille pas dans ma télé blanc et noir
alors je m'assieds sur le trottoir.

Et il y a encore des gens pour soutenir que le Français est logique et intellectuel et qu'il ne se laisse pas aller à ses sentiments ! Ainsi que le Belge.

Marc n'a pas répondu. Il m'a semblé entendre à quel point il m'écoutait, là-bas.

– C'est la faute de Bernard Wouters si celle qu'il aimait, Marie-Jo, n'a pas pu continuer à vivre, ai-je poursuivi. C'est lui qui l'a privée à la fois de sa confiance en elle et de la foi en son amour, à lui. Il l'a exploitée ! ai-je crié dans l'appareil. Et Laurent le savait !

– Tu as raison, a dit Marc, mais l'un n'exclut pas l'autre. Il peut fort bien se faire que Laurent ait réagi de façon aussi violente parce qu'il y était préparé. Comme nous le disons, nous autres psychiatres, c'est son agressivité latente qui a fait de lui un meurtrier.

– Un moment !... me suis-je écriée.

J'ai alors remarqué que les gens, autour de moi, secouaient la tête et échangeaient des propos à l'oreille. J'ai cru les entendre dire : « Elle est folle, celle-là. » Mais j'ai continué, parce que je ne pouvais m'empêcher d'être révoltée, même si je savais parfaitement que le raisonnement de Marc était aussi bien étayé que possible.

– ... Un moment ! Je te rappelle que nous ne sommes toujours pas *sûrs* que ce soit Laurent qui ait tué Bernard Wouters.

Marc m'avait provoquée. Au risque de me répéter, je dirais qu'il possède une remarquable capacité d'écoute tout en sachant fort bien faire parler l'autre. Notre conversation n'avait pas tardé à lui apprendre que, si j'étais si révoltée, si attristée à l'idée que Laurent soit coupable du meurtre de Bernard Wouters, c'était parce que, au fond de moi, j'avais compris que ce ne pouvait pas être lui.

Pour sa part, il était déjà convaincu que Laurent était innocent. Comme je l'ai peut-être déjà dit, il avait eu l'occasion de le rencontrer chez ses grands-parents maternels, pendant que j'étais à Paris. Sa curiosité avait été piquée quand je lui avais rapporté, brièvement, ce que Laurent m'avait confié à propos de son enfance.

– Tu as raison, m'a-t-il dit, nous ne sommes pas sûrs que ce soit Laurent qui ait tué Bernard Wouters. En fait, nous ne disposons de rien d'autre que cette déposition selon laquelle c'est un jeune homme poli et serviable qui l'a aidé à franchir la porte de *La Lambada*. Tout le reste, tu t'en rends compte aussi bien que moi, n'est que pures spéculations.

– Qui est-ce, alors? ai-je dit, en pensant en moi-même: «Est-ce qu'il va vraiment falloir que j'affronte une nouvelle fois Madeleine Defosset?»

– Est-ce qu'il y a quelqu'un d'autre, dans cette histoire,

pour qui tu te sois prise de sympathie? Quelqu'un d'autre que tu n'aimerais pas voir dans la peau d'un assassin?

– Le problème, c'est que je n'aimerais y voir aucune des personnes en cause, ai-je répondu. Si: peut-être Madeleine Defosset. Mais elle non plus ne mérite pas d'être soupçonnée sérieusement. Elle est malheureuse, parce qu'elle a été blessée par la vie.

– C'est le dilemme de Simenon, a constaté Marc. Quand le commissaire Maigret finit par découvrir qui est l'assassin, il le laisse souvent échapper au châtiment. D'une façon ou d'une autre. Par sympathie et compassion.

– Il ne reste plus que Delphine Lecœur, la prostituée. Non, il ne faut pas que ce soit elle, non plus. J'ai encore plus de sympathie pour elle que pour Madeleine Defosset.

– La plupart des meurtres sont commis au sein de la famille, a dit Marc.

J'AI ÉTÉ DANS L'OBLIGATION DE LE FAIRE TAIRE

La plupart des meurtres sont commis au sein de la famille.

C'est avec ces mots me résonnant encore aux oreilles que j'ai enfin pris mon courage à deux mains et sollicité un entretien avec Frédérique Wouters, incarcérée à Paris en tant que suspecte du meurtre de son mari, étranglé dans l'impasse Saint-Denis. Une femme dont le signalement correspondait à Frédérique avait été vue en train de sortir en courant de cette ruelle, quelques minutes seulement avant que la voiture de police s'arrêtât, dans un grincement de freins, devant *La Lambada*.

– Je sais que c'est difficile, ai-je dit après avoir tenté longuement de me concentrer sur cette fixation que faisait Frédérique à propos de sa visite chez la voyante de Bruxelles. Mais il faut que je sache ce qui est allé de travers lorsque Bernard et toi vous vous êtes retrouvés à Paris. Il s'est forcément passé quelque chose. Autrement, tu ne serais pas ici en ce moment.

– Ça aurait très bien pu se passer, a-t-elle répondu d'une voix à peine audible. Tu ne crois tout de même pas que j'avais l'intention de me servir du couteau que j'avais dans mon sac.

– Il a été étranglé, ai-je dit.

Frédérique n'avait pas l'air de m'écouter.

– Même quand il a eu l'audace de dire que j'étais une

aussi mauvaise mère que Denyse Simenon, que c'était moi qui avais fait le malheur de Marie-Jo comme elle celui de la fille de l'écrivain, même à cet instant je n'aurais pas cru que ça se terminerait ainsi.

La voix de Frédérique était maintenant si faible que je devais me pencher vers elle pour distinguer ses paroles.

– J'ai tenté de me persuader qu'il était trop affecté par la mort de Marie-Jo pour savoir ce qu'il disait. J'ai même essayé d'évoquer l'image qui m'était si souvent venue en aide, avant, celle du petit garçon de la boulangerie, qui suçait son pouce derrière le comptoir. Et, c'est vrai, elle a eu de l'effet sur le coup.

– Mais pas très longtemps ?

Frédérique a regardé par la fenêtre en continuant à tordre une mèche de cheveux autour de son doigt. Elle l'a serrée de plus en plus fort et elle est restée sans rien dire pendant un long moment avant de répondre. Les mots sont alors sortis de sa bouche de façon saccadée et incohérente.

Bernard s'était soudain levé de table, avait jeté quelques pièces à la serveuse et quitté le café. Frédérique l'avait suivi, mais discrètement, pour ne pas se faire remarquer. Elle avait alors vu une femme aux cheveux rouges sortir d'une porte cochère, se diriger vers Bernard et le prendre par le bras. Elle les avait ensuite vus entrer dans un bar. Elle s'était postée à l'extérieur pour l'attendre à la sortie. Cela avait duré un certain temps mais elle ne s'était pas découragée. Quand il était enfin apparu sur le pas de la porte, il n'était pas seul, cette fois non plus. Un jeune homme l'aidait à tenter de se tenir debout, mais Bernard l'avait repoussé.

– Un jeune homme, ai-je coupé. Ce n'était pas Laurent, hein ?

Frédérique fixait des yeux son doigt, maintenant enflé et violacé.

– Non, ce n'était pas Laurent.

– Et Bernard ?

– Il était complètement ivre. Il ne savait peut-être pas ce qu'il disait. C'est du moins ce dont j'essaye de me persuader maintenant. Mais, sur le moment, je n'y suis pas parvenue. J'ai été dans l'obligation de le faire taire.

– Je ne comprends pas, ai-je dit. Bernard était grand. Il pesait lourd.

– Mais je t'ai dit qu'il était ivre ! a sifflé Frédérique en continuant à serrer sa mèche de cheveux autour de son doigt, sans s'apercevoir que celui-ci était sur le point d'éclater. Il a suffi que je le pousse un peu et il s'est retrouvé sur le dos dans la neige. Et ensuite, eh bien… j'ai simplement serré un peu. Ainsi, il ne pourrait plus jamais me dire une chose pareille.

– Qu'est-ce qu'il t'avait dit, Frédérique ?

– Je te hais, a-t-il dit, espèce de monstre sexuel.

– Je ne comprends pas.

– Il croyait que j'étais Denyse Simenon.

De même que les autres personnages de ce roman, ceux qui sont cités comme travaillant au journal Le Soir *sont bien entendu purement fictifs.*

Cet ouvrage
a été mis en pages par In Folio
reproduit et achevé d'imprimer
en décembre 2021
dans les ateliers de Normandie Roto Impression s.a.s.
61250 Lonrai
N° d'impression : 2106112

Imprimé en France

Dépôt légal : janvier 2022